DER PILGERSCHATTEN

Ein Hannah Leicht-Krimi

Kaja Maurer

1. Auflage 2021
Kaja Maurer, Tegeler Weg 104, 10589 Berlin
autorin.kaja.maurer@gmail.com

Lektorat: Yvonne Schlatter
Covergestaltung: Irene Chaure
Covermotiv: © Formatoriginal – stock.adobe.com

Für Oma Ria

INHALT

Titelseite
Impressum
Widmung
Prolog
1. 1
2. 8
3. 14
4. 22
5. 25
6. 30
7. 37
8. 47
9. 57
10. 60
11. 67
12. 71
13. 81

14.	86
15.	90
16.	97
17.	105
18.	108
19.	112
20.	120
21.	128
22.	130
23.	140
24.	143
25.	153
26.	164
27.	174
28.	180
29.	182
30.	190
31.	195
32.	198
33.	202
34.	207
35.	210
36.	215
37.	217

38.	220
39.	227
40.	230
41.	238
42.	243
43.	247
44.	253
45.	255
46.	258
47.	265
Epilog	271
Danksagung	277

PROLOG

Noch bevor sie die Augen öffnete, merkte sie, dass etwas nicht stimmte. Die Matratze war hart und die Decke viel zu dünn. Fröstelnd schlug sie die Augen auf.

Es war dunkel. Wo war sie? Und wie viel Uhr war es? Erst jetzt merkte sie, dass sie kurz den Atem angehalten hatte. Keine Panik, es muss für das hier alles eine einfache Erklärung geben. Sie tastete rechts vom Bett nach dem Nachttisch. Doch da war nichts. Stattdessen trafen ihre Finger auf eine bröckelige Steinmauer. Schnell zog sie ihre Hand von der Mauer weg und setzte sich mit einem Ruck auf. Ihre Augen gewöhnten sich nur langsam an die Lichtverhältnisse. So stockdunkel, wie sie anfänglich gedacht hatte, war es gar nicht. Von der Decke fiel ein fahler Lichtschein, der ihr half, zumindest die Konturen des Raumes zu erkennen. Vorsichtig stand sie auf. Sie schauderte, als ihre nackten Zehen einen kalten, feuchten Steinboden berührten. Ihr Herz schlug schneller. Langsam bewegte sie sich durch den Raum. Das Licht erhellte ihn nur spärlich, sodass sie ihre Hände zu Hilfe nehmen musste, damit sie sich sicherer fühlte. Der Raum war sehr klein und von rauen Steinmauern begrenzt. Schemenhaft nahm sie einen Schrank wahr, der in der linken Ecke stand. Behutsam tastete sie nach dem Griff und zog daran. Die Tür ging auf. Ihr Atem stockte. Doch der Schrank war leer. Wo um alles in der Welt war sie hier gelandet? Ihr Atem ging nun stoßweise. Sie musste sich beruhigen. Tief durchatmen, es muss hier irgendwo einen Ausgang geben. Sie bewegte sich weiter vorsichtig tastend voran, stieß aber nach wenigen Schritten schon auf die gegenüberliegende Mauer. Ihre Augen hatten sie nicht getäuscht, der Raum war winzig! Als sie auch auf dieser Seite keine Tür fand, bekam sie immer weniger Luft. Ihr Zwerchfell verkrampfte sich. Ihr wurde klar, dass sich der einzige Ausgang über ihr befinden musste. Sie sah nach oben und erkannte erst jetzt, dass es sich bei der Lichtquelle um eine Art Luke handelte – die sich so hoch oben befand, dass ein Herankommen unmöglich war. Kalter Schweiß rann ihr von der Stirn. Sie merkte, wie ihr Körper verrücktspielte und setzte sich wieder aufs Bett.

»Denk nach«, sagte sie laut zu sich selbst, und erschrak ob dem Klang ihrer Stimme, der von den Steinwänden verstärkt wurde. Wie war sie hierhergekommen? Verzweifelt versuchte sie, sich an den vergangenen Tag zu erinnern, doch da war nur ein schwarzes Loch in ihren Gedanken. Statt

Klarheit zu bekommen, fing sie auch noch an zu zittern. Noch nie in ihrem Leben hatte sie sich so alleine und hilflos gefühlt.

Plötzlich hörte sie ein Quietschen. Sie blickte hinauf zur Luke. Dann wurde sie von einem grellen Licht geblendet. Angst und naive Hoffnung vermischten sich nun in ihrem Kopf. Vielleicht war ja alles nur ein Missverständnis oder ein böser Traum? Oder jemand rettete sie? Tief im Inneren wusste sie aber, dass dies unwahrscheinlich war. Ihr rationaler Teil hoffte, dass ihr nicht noch Schlimmeres bevorstehen würde.

Etwas wurde durch die Luke geworfen. Als sie erkannte, was es war, brach sie in Tränen aus.

1.

Ihr rechter Zeigefinger berührte den Abzug. Die Augen hatte sie starr auf ihr Ziel gerichtet. Sie atmete langsam ein und aus, um ihren Herzschlag zu beruhigen. Die Zeit schien still zu stehen. Sie drückte ab. Es gab einen lauten Knall. Den Rückstoß der Pistole nahm sie gar nicht wahr, so fixiert war sie auf ihr Ziel. Sie drückte nochmal ab. Und nochmal.

»Das nenne ich mal einen Lauf. Respekt!«

Das Lob ihres Vorgesetzten riss Hannah aus ihrer Konzentration. Sie brauchte einen kurzen Moment, um wieder in der Realität anzukommen.

»Danke für das Kompliment. Jetzt bist du dran«, wandte sie sich Achim zu, der neben ihr am Schießstand stand. Ihr Chef runzelte angestrengt die Stirn und gab schnell hintereinander ebenfalls drei Schüsse ab.

»Unentschieden«, kommentierte er, als er die beiden Zielscheiben vergleichend in Augenschein nahm. Seine ernste Miene verschwand und ein Lächeln erschien auf seinem Gesicht. »Dein Training im Schützenverein zahlt sich aus, Hannah.«

Hannah grinste und versuchte, sich unauffällig den Schweiß von der Stirn zu wischen. Schießen war auch nach mehreren Jahren bei der Polizei immer noch aufregend und verlangte viel Konzentration. Doch das war nicht der einzige Grund, warum sie schwitze. Vor allem lag es an der sommerlichen Hitze in Berlin.

Achim ging es wohl genauso. »Lass uns zusammenpacken und ins Büro zurückfahren. Ich freu mich auf die Klimaanlage!«

◆ ◆ ◆

Im Kommissariat war es tatsächlich angenehm kühl.

»Na, wie lief das Schießtraining?«, begrüßte Julia sie und streckte den Kopf hinter ihrem Bildschirm hervor.

»Super! So langsam aber sicher läuft mir Hannah den Rang ab«, witzelte Achim.

»Dann hast du dir deinen Urlaub jetzt aber auch wirklich verdient«, mischte sich Marc ein, der mit einem Praktikanten vor seinem Schreibtisch saß, auf dem sich ein riesiger Aktenstapel türmte.

Hannah nickte ihm lächelnd zu. Sie freute sich sehr auf die drei Urlaubswochen. Endlich einmal den Kopf freibekommen, etwas anderes sehen und einfach die Zeit genießen.

»Erde an Hannah: Bist du noch da?« Marc grinste

sie schelmisch an.

Hannah merkte, dass alle Augen auf sie gerichtet waren. »Tut mir leid, ich war wohl kurz in Gedanken versunken.«

»Ich habe nur wissen wollen, wie dein genauer Plan jetzt aussieht. Du warst dir doch noch unsicher, ob du das mit dem Pilgern wirklich machen willst. Ich meine, es war ja ursprünglich auch die Idee von Nico ...« Marc schien ihr angesehen zu haben, dass er ihren Ex-Freund besser nicht hätte erwähnen sollen. Er machte ein betretenes Gesicht. Hannah nahm es ihm aber nicht übel.

»Du hast recht, ich habe die Entscheidung lange vor mir hergeschoben. Und eigentlich möchte ich aktuell so wenig wie möglich an ihn erinnert werden. Aber dafür kann der Jakobsweg nichts. Und meine Freundin Verena hat mich bestärkt, dass sich die siebentägige Wanderung mehr als lohnt. Danach bleibe ich noch eine Woche in Santiago. Die letzte Urlaubswoche richte ich dann meine Wohnung weiter ein. Und mache natürlich die Seen Berlins unsicher.«

Hannah setzte sich an ihren Schreibtisch und begann, ihren Bericht zu tippen. In den letzten Wochen war, neben der Trennung von Nico, viel passiert: Ein komplizierter Fall hatte die ganze Truppe in Atem gehalten. Gemeinsam mit Julia Knaus war Hannah jedoch am Ende dem Täter auf die Spur gekommen, bevor er noch einmal zuschlagen konnte. Die Fallanalystin hatte die richtigen Schlüsse gezogen und das entscheidende Puzzleteil geliefert. Wenn Hannah an die Festnahme dachte, lief ihr immer noch ein Schauer über den Rücken. Sie hatte sich in der Dunkelheit ganz auf ihre Instinkte verlassen müssen.

»An was denkst du, Hannah?«, fragte ihre Kollegin, die wie aus dem Nichts neben ihr stand.

»Du hast mich aber erschreckt. Ich war so auf den Bericht fixiert, dass ich dich gar nicht kommen gehört habe.«

»So in Gedanken versunken kenne ich dich gar nicht. Du brauchst wirklich Urlaub.« Julia lächelte sie an. »Wie weit bist du mit deinem Bericht? Es ist schon 17 Uhr. Wolltest du heute nicht früher los?«

Hannah entfuhr ein Stöhnen. »Mist, ich muss wirklich dringend los, ich habe noch nicht gepackt! Und Louie muss ich ja auch noch zu meinen Eltern bringen.«

»Schick mir die Datei rüber, ich stelle sie fertig. Ab mit dir nach Hause. Und gib deinem Kater ein Leckerli von mir!«

Hannah freute sich über das Angebot ihrer Kollegin und nahm es dankbar an. Schnell packte sie ihre Sachen in den Rucksack und verabschiedete sich von ihren Kollegen. Ihr Chef wünschte ihr einen schönen Urlaub. Auch Marc, der immer noch dem Praktikanten das Digitalisieren von Akten erklärte, lugte hinter dem Papierstapel hervor und winkte zum Abschied.

Als Hannah das aus der Kaiserzeit stammende, neubarocke Gebäude des Kommissariats in Charlottenburg verlassen hatte, vibrierte ihr Handy. Sie zog es aus der Hosentasche. Eine Nachricht von Verena erschien auf dem Display:

> *Hey Hannah, ich hoffe, du hattest einen entspannten letzten Arbeitstag und bist fleißig am Packen. Sag mal, kannst du mir nochmal sagen, wann genau du in Santiago ankommst? Dann hole ich dich ab. Freue mich schon sehr! Halt mich auf dem Laufenden, wie der* Camino *so ist.*

Sie musste grinsen. Das war mal wieder typisch Verena! Seitdem ihre alte Schulfreundin zu ihrer Lebensgefährtin Alba nach Santiago de Compostela gezogen war, war sie noch vergesslicher als früher. Vielleicht hatte sie sich aber auch nur der Mentalität der Spanier angepasst. Hannah antwortete direkt auf die Nachricht:

> *Hey hey, also, ich breche hier morgen ziemlich früh auf und am Sonntag geht es dann los auf dem Jakobsweg. Hoffentlich schaffen wir die Strecke wie geplant bis Freitag. Ich melde mich von unterwegs und sage Bescheid, wann du mich an der Kathedrale von Santiago abholen kannst.*

Wahrscheinlich wäre es schneller gewesen, ihre Freundin kurz anzurufen oder einfach eine Sprachnachricht zu schicken. Andererseits konnte

Verena so alle Infos schnell nachlesen, falls sie wieder einmal etwas vergessen haben sollte.

Nach einer halben Stunde Fahrt in der vollen U-Bahn kam Hannah verschwitzt zu Hause an. Nachdem sie die Haustür ihrer neuen Wohnung aufgeschlossen hatte, versuchte sie, die noch unausgepackten Umzugskartons zu ignorieren. Die konnten warten. Wer nicht warten konnte, war ihr Siamkater Louie, der mauzend um die Ecke bog und dann um ihre Füße strich.

»Ich weiß, du hast Hunger. Ich mache dir gleich dein Futter.« Sie beobachtete ihn, wie er sein Futter hinunterschlang, als hätte er seit Tagen keines mehr bekommen. Er schien nichts anderes mehr wahrzunehmen. Auch als Hannah ihm kurz über den Rücken streichelte, reagierte er nicht, sondern fraß gierig weiter. Sie musste lächeln: Wahrscheinlich würde er die zwei Wochen bei ihren Eltern ordentlich verwöhnt werden. Die beiden liebten ihn abgöttisch. Kein Wunder, denn auch sie war dem schielenden Kater vom ersten Augenblick an verfallen.

Als Nächstes stand das Packen auf dem Plan. Hannah schaute in ihren E-Mails nach der Packliste, die der Reiseveranstalter zur Verfügung gestellt hatte. Auch wenn sie lange unsicher gewesen war, ob sie den Teil des *Camino Francés* laufen sollte – mittlerweile freute sie sich darauf. Noch mehr fieberte sie allerdings der anschließenden Woche mit Verena entgegen, die sie in Santiago de Compostela verbringen würde. Nicht an die Arbeit oder ihre gescheiterte Beziehung denken, sondern einfach entspannen, das war genau das, was sie jetzt brauchte.

2.

Hannah schwitzte. Obwohl sie ihre kurzen Locken dürftig zu einem Mini-Pferdeschwanz zusammengebunden hatte, waren sie nass.

Sie hatte sich den Beginn ihrer Wanderung idyllischer vorgestellt. Zusammen mit ihrer Pilgergruppe, bestehend aus einer weiteren Frau, zwei Männern und dem Wanderführer José, war sie am Morgen nach einer entspannten Nacht in Sarria aufgebrochen. Auf dem Plan standen 21 Kilometer durch stille Täler, waldreiche Höhen und saftige Wiesen – zumindest laut Reiseführer, den Hannah von der Reiseagentur bekommen hatte. Im Prinzip trafen die Beschreibungen auch zu, allerdings machte die Hitze den Wanderern zu schaffen. Die Außentemperatur betrug 38 Grad und auch im Schatten war es kaum auszuhalten. Am Himmel zeigte sich keine Wolke und auf eine erfrischende Windböe warteten sie vergebens. Auch Hannah, der es normalerweise nicht warm genug sein konnte, hatte mit der Temperatur zu kämpfen. Der Sommer in Berlin war im Vergleich dazu ein Witz! Selbst der Wanderführer hob öfter seine Schirmmütze an und wischte sich den Schweiß von der kahlen Stirn.

Trotzdem war ihre Gruppe zu Beginn schnell vorangekommen, bestand sie doch hauptsächlich aus jungen Leuten um die 30. Hannah hatte am Morgen die professionell anmutende Ausrüstung von Tim und Leon bestaunt. Die beiden Unternehmensberater aus München hatten neben den obligatorischen Wanderschuhen nicht nur Wanderstöcke und Sportbekleidung von bekannten Marken, sondern auch ein kleines Zelt für Notfälle dabei. Als Hannah die beiden so sah, musste sie schmunzeln. Sie bestätigten das Klischee junger Gutverdiener, die nicht so recht wussten, was sie mit ihrem Geld anfangen sollten. Allerdings stellten sich Leon und Tim als nette und gesprächige Wandergefährten heraus, die immer für einen Spaß zu haben waren. Die gesamte erste Etappe waren sie in Hannahs Nähe gelaufen, da sie ein ähnliches Tempo hatten. So war genug Zeit gewesen, sich kennenzulernen und auszutauschen. Dabei fiel Hannah auf, dass der Unterschied zwischen den Klienten der Berater und den Mördern, die sie als Kommissarin jagte, oft nur darin bestand, dass die einen Menschen töteten, die anderen nicht. Psychopathisch veranlagt waren sie aber fast alle.

Nach nahezu 6 Stunden Wanderung mit zwei längeren Pausen hatte die Gruppe am frühen Nachmittag das Dorf Portomarín erreicht. Sie einigten sich nach der Ankunft in der Unterkunft auf eine kurze Verschnaufpause, die Hannah für eine kühle Dusche nutzte. Anschließend traf sie sich mit den beiden Unternehmensberatern im Garten des Hauses, um zusammen zu essen und den Tag ausklingen zu lassen.

»Hannah, was war eigentlich dein gefährlichster Fall?«, fragte Tim kauend.

Hannah dachte kurz nach. »Na ja, wenn du mit gefährlich meinst, dass Kommissare in die Schusslinie des Mörders geraten, wie in einem schlechten Krimi im Fernsehen, muss ich dich leider enttäuschen. Das ist mir zum Glück noch nicht passiert. Aber von meiner Waffe musste ich schon mehrmals Gebrauch machen.«

Tim schluckte. »Hast du schon mal auf jemanden schießen müssen?« Als Hannah nickte, weiteten sich Tims Augen. »Krass, das hätte ich dir gar nicht zugetraut. Du siehst einfach zu lieb aus.«

Das war typisch. Mit ihren blonden Locken und ihrer zierlichen Figur war sie schon oft unterschätzt worden – und das immer nur von Männern. In der Ausbildung wurde ihr Aussehen zusammen mit ihrem Nachnamen zum geflügelten Wort: ›Hannah ist so leicht, die kann keiner Fliege was zuleide tun.‹ und ›Leicht, leichter, Hannah Leicht.‹ wurde vor dem ersten Schießtraining über sie gewitzelt. Hannah hatte sich damals kurz geärgert, dann aber beschlossen, es den männlichen

Kollegen zu zeigen – mit dem Resultat, dass sie die Beste im Schießtraining gewesen war. Danach waren erst einmal alle still gewesen, ein Kollege hatte sich sogar bei ihr entschuldigt. Seit damals begleitete eine Leidenschaft fürs Schießen die junge Kommissarin, die ihr Chef Achim Ferner gerne weiter förderte. Zum Beispiel mit gemeinsamen Schießtrainings.

»Sorry, ich wollte dir nicht auf den Schlips treten«, sagte Tim. »Vorurteile sind echt nicht cool.«

»Ach, ist schon gut. Als du erzählt hast, dass ihr Unternehmensberater seid, habe ich euch auch direkt in eine Schublade gesteckt.«

»Soso«, sagte Leon. »Was ist denn deine Vorstellung von einem Unternehmensberater?«

»Immer im Stress, verdient viel Geld, meist gut gekleidet, eingebildet, egozentrisch und egoistisch.«

Leon und Tim lachten.

»Na ja, so ganz unrecht hast du nicht, solche gibt es auch.« Tim zwinkerte ihr zu. »Aber wir sind anders.« Wie zur Bestätigung legte er den Arm um Leon.

Hannah mochte die beiden Männer, die sich auf der Reise sogar ein Zimmer teilten. Vor allem Tim, mit seinen braunen Augen, die schelmisch blitzten, wenn er sprach, gefiel ihr gut. Sie schüttelte sich innerlich. Nach der abrupten Trennung von Nico hatte sie erst einmal genug von Männern. Und außerdem war sie sich nicht sicher, ob zwischen den beiden nicht mehr war als bloße

Freundschaft.

»Was macht denn eine Polizistin so außerhalb der Arbeit? Bist du vergeben?«, fragte Tim ziemlich direkt.

Er schien Hannahs Gedanken lesen zu können. Sie wollte erst abwinken und die Frage umgehen, doch dann überlegte sie es sich anders und berichtete über die Trennung von ihrem Ex, der sie nach fast zehn Jahren mit einer 19-Jährigen betrogen hatte. Es tat gut, sich das von der Seele zu reden.

»Vielleicht hat er eine Art Midlife-Crisis«, schlussfolgerte Leon, nachdem Hannah zu Ende erzählt hatte.

Hannah schüttelte traurig den Kopf. »Mit Anfang 30? Wohl kaum. Aber egal, lasst uns lieber das Thema wechseln. Ich will in meinem Urlaub kein Trübsal blasen. Genießen wir den Abend!«

Tim und Leon berichteten von ihrer Arbeit, wie sie erst Kollegen waren und dann zu sehr engen Freunden wurden. Im Laufe des Abends hatte Hannah immer mehr das Gefühl, dass Tim vielleicht doch mit ihr flirtete. Sie wischte diesen Gedanken aber schnell wieder beiseite.

Auch José, ihr *guía* – was das spanische Wort für *Wanderführer* war, wie Hannah gelernt hatte – und Katrin, die Älteste der Gruppe, gesellten sich später noch zu ihnen. Trotz der lauen Sommernacht beschlossen sie, bereits um 22 Uhr, schlafen zu gehen, um für die Etappe am nächsten Tag fit zu sein. Bevor sich Hannah ins Bett legte, tippte sie noch schnell eine Nachricht an Verena:

Hey, ich habe den ersten Tag gut überstanden, meine Gruppe ist sehr nett und ein paar hübsche Männer sind auch dabei. Hoffe, du hattest heute einen einigermaßen entspannten Arbeitstag. Ich freue mich schon sehr auf unsere gemeinsame Zeit. Schlaf schön!

Noch bevor Verena auf die Nachricht antwortete, war Hannah eingeschlafen.

3.

Comisario Diego García hatte sich gerade im Halbschlaf umgedreht, als er durch ein Geräusch geweckt wurde. War das schon sein Wecker, der klingelte? Als er auf sein Handy blickte, verstand er, dass er nicht von der Vibration seines Alarms, sondern der eines Anrufs aus dem Schlaf gerissen worden war. Er stöhnte, bevor er das Telefonat annahm. Eigentlich hatte er heute entspannt in den Tag starten wollen. Ein Anruf so früh am Morgen konnte nichts Gutes verheißen.

Diego meldete sich mit einem verschlafenen »Hola« und lauschte den Worten seiner Partnerin Fernanda, die trotz Nachtschicht ausgeschlafen klang.

»*Hola*, Diego. Ich mach's kurz: Wir treffen uns in 15 Minuten an der Kathedrale beim Pilgerschatten. Wir haben eine Leiche! Ah, und wenn du bei einem Bäcker vorbeikommst, bringst du Kaffee mit? *Hasta luego*.«

Mit einem Seufzer sprang Diego aus dem Bett,

woraufhin ihn seine Frau Inés verschlafen anschaute.

»Alles in Ordnung?« Ihre Stimme klang kratzig.

»Wie man's nimmt. Fernanda hat gerade angerufen, es liegt eine Leiche an der Kathedrale. Ich muss los.«

Inés verdrehte die Augen. »Das heißt, ich muss Ana und Carlota in den Kindergarten und in die Schule bringen?«

»Tut mir leid, *mi amor*, ich weiß, dass du heute einen wichtigen Termin in der Kanzlei hast. Schaffst du es trotzdem irgendwie?« Inés war Anwältin und aktuell mit einem schwierigen Mandanten betraut.

Sie seufzte. »Habe ich eine andere Wahl?«

Diego strich seiner Frau durch das dunkle Haar und drückte ihr zum Abschied einen Kuss auf die Stirn. »Ich mache es wieder gut, versprochen.«

Nach einer kurzen Dusche stieg er ins Auto und fuhr in Richtung Kathedrale – natürlich nicht, ohne den von Fernanda gewünschten Zwischenstopp beim Bäcker einzulegen. Mit den heißen Kaffees in den Händen lief er auf den weiträumig abgesperrten Fundort zu. Obwohl es noch früh war, tummelten sich bereits einige Menschen vor der Absperrung. Immerhin schien die Presse noch keinen Wind von der Leiche bekommen zu haben. Zumindest konnte er keinen der üblichen Verdächtigen ausmachen.

»Diego«, rief Fernanda und winkte ihm zu.

Diego fragte sich, ob es seine Kollegin nur so eilig

hatte, weil er den ersehnten Kaffee in den Händen hielt. Andererseits war sie es sonst, die ihn jedes Mal versorgte.

Die wie immer gut gelaunte Fernanda nahm Diego einen der Becher ab und lächelte ihn trotz der unerfreulichen Nachrichten dankbar an. »*Gracias*, den kann ich nach der langen Nachtschicht gebrauchen! Und gut, dass du da bist, das hier sieht echt übel aus.« Ihre Miene verfinsterte sich schlagartig.

»Was haben wir bis jetzt? Hast du schon mit Claude gesprochen?«, erwiderte Diego.

»Sie war kurz angebunden, du kennst sie ja. Die Leiche ist übel zugerichtet. Sie wurde direkt neben der Säule abgelegt und heute Morgen von einem Bauarbeiter entdeckt, der für die Gerüstarbeiten an der Fassadenfront der Kathedrale zuständig ist. Wir haben keine Papiere beim Opfer gefunden. Claude schätzt, dass es sich um einen Mann mittleren Alters handelt. Der Körper ist aber sehr entstellt, deshalb alles unter Vorbehalt. Am besten, du machst dir selbst ein Bild.«

»Alles klar, ich spreche mit Claude. Wo ist César? Hast du ihm nicht Bescheid gegeben? Es muss sich jemand um die Schaulustigen kümmern.«

»Doch, keine Ahnung, wo er bleibt. Er ist nicht an sein Handy gegangen, ich habe ihm eine Nachricht hinterlassen.«

Diego hob kopfschüttelnd das Absperrband an. Auf César war in letzter Zeit einfach kein Verlass mehr. Er ließ den Blick über den Leichenfundort schweifen. Das Opfer wurde von einem weißen Sichtschutz verborgen, die dahinterliegende Säule war aber aufgrund ihrer Größe noch gut zu erkennen. Diego erinnerte sich an seine Kindheit. Immer, wenn er abends daran vorbeigelaufen war, hatte er sich ein bisschen gegruselt. Deshalb konnte er es gut nachvollziehen, wenn Touristen sich auf ihrer nächtlichen Kneipentour erschreckten. Sie wussten ja nicht, dass es nur ein Schatten war, den die beleuchtete Säule auf die Wand der Kathedrale warf. Der Schatten sah einem Pilger einfach verblüffend ähnlich. Und wenn man sich selbst bewegte, bewegte er sich mit. Vor allem, wenn man noch etwas Alkohol intus hatte, konnte einem ein Schauer über den Rücken laufen.

»Na, bist du auch froh, dass die Leiche tagsüber gefunden wurde? Ich finde den Pilgerschatten nach wie vor furchteinflößend.« Claude hatte ihn zuerst gesehen. Sie kniete auf dem Boden vor der Leiche und blickte zu ihm hoch.

Diego musste sich ein Lachen verkneifen. »Nein, ich finde es hier nachts nicht gruseliger als bei Tag. Aber du bist ja noch neu hier, ich bin mit dem Schatten aufgewachsen.« Claude stammte ursprünglich aus Frankreich und war erst seit wenigen Monaten die leitende Rechtsmedizinerin Santiagos – was man ihrem Spanisch mit starkem französischen Akzent auch noch anmerkte.

»Sag mal, wo sind deine Überzieher?«, musterte sie ihn streng und sah ermahnend auf seine Schuhe. »Dein Glück, dass die Kollegen der Spurensicherung noch nicht da sind!«

»Sorry, ist wohl noch zu früh am Morgen für mich.« Diego kramte in seiner Jackentasche. Immerhin hatte er daran gedacht, die Plastiküberzieher aus seinem Auto mitzunehmen, sonst hätte ihn die penible Claude wieder verscheucht. Sie wandte sich wieder ihrer Arbeit zu.

»Was hast du für uns?«, fragte Diego, nachdem er die Überzieher ordnungsgemäß über seine braunen Wildlederschuhe gestülpt hatte.

»Gesicherte Einschätzungen kann ich dir erst nach der rechtsmedizinischen Untersuchung geben. Aber so wie ich dich kenne, willst du bestimmt ein paar Vermutungen vorab.« Sie runzelte konzentriert die Stirn und erhob sich, sodass Diego einen besseren Blick auf die vor ihnen liegende Leiche hatte. »Wie immer alles ohne Gewähr. Fernanda hat dir sicherlich schon berichtet, dass es sich um ein männliches Opfer handelt. Die starken Frakturen, vor allem im Kopf- und Brustbereich, siehst du ja selbst. Ob diese Verletzungen schließlich zum Tod geführt haben oder ob es noch eine andere Ursache gibt, kann ich noch nicht sagen.«

Wie gewohnt berichtete Claude kurz und knapp, und Diego musste ihr weitere Informationen aus der Nase ziehen.

»Hast du ein ungefähres Alter für mich? Und den ungefähren Todeszeitpunkt? Das würde die Identitätsermittlung schneller voranbringen.«

»Wenn ich mir die Hände des Toten anschaue, schätze ich sein Alter auf Mitte 30 bis Ende 40. Übrigens weisen die Hände auch keinerlei Abwehrverletzungen auf. Der Todeszeitpunkt wird sich, aufgrund der aktuell gegebenen Temperaturen, zwischen 22 und 1 Uhr heute Nacht bewegen.«

Diego nickte und beugte sich weiter vor. Fernanda hatte nicht übertrieben. Das Gesicht der Leiche war nicht mehr zu erkennen. Man konnte es nicht einmal mehr ein Gesicht nennen, es war eher ein Klumpen aus zerstörtem Fleisch. Die Kleidung war zerfetzt. Das Einzige, was er erahnen konnte, war die ursprüngliche Farbe des T-Shirts – Blau. Die Füße des Opfers steckten in Wanderschuhen. Ein Pilger, fuhr es Diego durch den Kopf.

»Wurden sonst noch irgendwelche Hinweise gefunden, die Rückschlüsse auf die Identität des Opfers zulassen?«

Die Rechtsmedizinerin schüttelte den Kopf. »Nein, aber wir haben das hier.«

Claude hob eine Beweismitteltüte mit ihren behandschuhten Händen in die Luft. Darin befand sich ein Kreuz. Bei genauerem Hinsehen konnte Diego erkennen, dass es sich um eine Kette handelte: ein schwarzes Lederband mit einem Kreuz aus dunklem Holz, das an vielen Stellen von Blut bedeckt war. Diego tippte auf Nussbaum.

»Das Opfer hatte diese Kette um den Hals. Auf den ersten Blick kann ich aber nicht sagen, ob sie dem Mann gehörte und er sie schon länger um den Hals trug, oder ob der Täter sie der Leiche umgehängt hat.«

Diego machte sich im Kopf eine Notiz. Ein Kreuz

als Kettenanhänger zu tragen, war im katholisch geprägten Spanien nichts Besonderes. Viele Menschen unterstrichen damit ihren Glauben. Und seitdem es Kreuze in jeglicher Form, Farbe, Größe und aus verschiedenen Materialien an diversen Handarbeitsständen in der Nähe der Kathedrale zu kaufen gab, wurden die Ketten auch bei Touristen immer beliebter.

Er drehte sich zu Fernanda um, die mittlerweile zu ihnen gestoßen war. »Kannst du herausfinden, was es mit dieser Kreuzkette auf sich hat? Vielleicht ist sie ein Beweisstück. Bisher haben wir keine bessere Spur, der wir nachgehen können. Ich fahre gleich ins Büro und gehe die aktuellen Vermisstenanzeigen durch.«

Nachdem er sich verabschiedet hatte, lief Diego durch die größer werdende Ansammlung von Schaulustigen. Die Sonne war mittlerweile zwischen den Wolken hervorgekommen und der Kommissar zog seine Jacke aus. Es würde wieder ein heißer Sommertag werden. Er warf noch einmal einen Blick auf die Kathedrale, die ihn auch nach vielen Jahren immer wieder zum Staunen brachte. Das imposante Bauwerk war das Herz der Altstadt und schon allein aufgrund der beeindruckenden Architektur in aller Welt bekannt.

Lautes Stimmengewirr durchbrach seine Gedanken. Diego sah César, der mit einem Mann mit Spiegelreflexkamera sprach. Die beiden standen in der abgesperrten Zone.

»Gibt's ein Problem?«, rief Diego und lief auf die

Männer zu.

César schien von Diegos Auftauchen überrascht worden zu sein. Er stammelte hastig: »Nein Chef, alles klar hier.«

»Warum steht dann ein Journalist im abgesperrten Bereich?« Eigentlich wollte Diego nicht vor einem Dritten mit César diskutieren, aber er musste die Situation sofort klären. Der Journalist mit den blonden, kurzen Haaren versuchte es mit einer Erklärung, bevor César auf die Frage seines Chefs antworten konnte.

»Ich bin Journalist und muss Fotos machen. Außerdem brauche ich Infos, was genau hier passiert ist. Und Ihr Kollege hat mir das erlaubt.«

Césars Gesicht war mittlerweile rot angelaufen und sah einer Tomate zum Verwechseln ähnlich. Er schien zu wissen, dass ihm Ärger von Diego drohte. Diego hatte allerdings keine Lust, das gerade jetzt mit César zu besprechen. Deshalb hob er sich die Standpauke für später auf und sah stattdessen dem Journalisten in die Augen.

»Das ist verboten und das wissen Sie ganz genau. Mir ist auch egal, welche Abmachungen Sie mit meinem Kollegen getroffen haben, der Chef hier bin immer noch ich. César, einmal die Personalien aufnehmen, bitte. Sollten ich Sie hier nochmal beim Missachten der Regeln erwischen, hat das Konsequenzen. Einen schönen Tag noch.«

4.

Noch 4 Kilometer, dann war die heutige Etappe geschafft. Hannah freute sich schon auf eine erfrischende Dusche und ein kühles Getränk. Noch mehr sehnte sie sich aber danach, ihre Wanderstiefel endlich auszuziehen. Es war keine gute Idee gewesen, sich vor der Reise neue Schuhe zu kaufen und sie nicht einzulaufen. Der Fachberater im Sportladen hatte sie sogar eindringlich darauf hingewiesen, doch im Umzugsstress hatte sie es schlichtweg vergessen. Nun glichen ihre Füße einer Kraterlandschaft – mehrere Blasen und Schwielen an den Ballen bezeugten, dass der Mann aus dem Laden recht gehabt hatte. Trotz der Blasenpflaster von José, der es gewohnt war, dass die Teilnehmer der Wanderung kleine Wehwehchen hatten und auf alle Eventualitäten vorbereitet war, brannten Hannahs Fußsohlen. Doch die wundervolle Aussicht tröstete sie ein bisschen darüber hinweg.

Sie waren durch grüne, idyllische Landschaften

gewandert und hatten auf dem Weg einige romantische Kirchen, alte Steinmauern und grasende Kühe gesehen. Mit 28 Kilometern war diese Etappe die längste der Woche. In zwei Tagen würden sie in Santiago ankommen. Hannah war schon sehr gespannt auf die Stadt. Ihre Freundin Verena schwärmte von den kleinen Gassen, den Bars und Restaurants mit leckeren *Tapas* und den geselligen Einheimischen. Nur der Regen, der laut ihrer Freundin typisch für Santiago war, konnte sie gerne die kommende Woche verschonen. Bis jetzt war das Wetter zum Glück durchgehend gut gewesen. Sie blickte an sich herunter. Ein leichter Sonnenbrand auf ihren Armen zeugte davon.

Hannah schaute zu José. Selbst ihr Wanderführer sah heute etwas müde aus von der langen Wanderung. Dicht hinter ihm lief Tim, der die heutige Etappe fast die ganze Zeit neben Hannah gegangen war, während Leon mit Katrin die Nachhut bildete. Die Älteste in der Gruppe hatte etwas mit ihrer Kondition zu kämpfen und Leon machte es nichts aus, ein bisschen langsamer unterwegs zu sein.

Um 16 Uhr war dann endlich die Unterkunft für die bevorstehende Nacht erreicht: ein kleines Haus, das relativ abgeschieden zwischen zwei Waldstücken lag.

»Wie hübsch es hier ist«, meinte Katrin, die es mit letzter Kraft auf die Holzbank der Veranda des kleinen Hauses geschafft hatte.

»Ja, richtig malerisch hier.« Das Haus war zwar etwas in die Jahre gekommen, doch Hannah war froh, dem allgemeinen Pilgertourismus-Strom entkommen zu sein. Die Landschaft während der Wanderung hatte sie zwar regelrecht begeistert, das konnte man von der Masse an Pilgern allerdings nicht behaupten. Vor ihrer Reise hatte sich Hannah keinerlei Gedanken darüber gemacht, dass der Pilgerweg mittlerweile zu einer echten Touristenattraktion geworden war. Natürlich war besonders jetzt während der Ferienzeit viel los. So gern sie auch unter Menschen war, der Strom an Touristen, die alle das gleiche Ziel hatten, deprimierte sie etwas.

»Hannah, was grübelst du denn?«, fragte Leon und schaute sie forschend an.

Hannah schüttelte den Kopf. »Ach nichts, lasst uns reingehen, schnell duschen und dann zusammen ein kühles Bier trinken.«

»Super Idee!«

Bevor Hannah in die Dusche stieg, tippte sie schnell noch eine Nachricht an Verena:

Hey du, hier ist alles super, wir sind gerade in Arzúa angekommen. Es ist richtig einsam, so ganz ohne andere Touristen in unserer Unterkunft. Nur noch zwei Tage, dann sehen wir uns! Wir planen, übermorgen um ca. 16 Uhr an der Kathedrale in Santiago zu sein. Treffen wir uns einfach dort um 17 Uhr? Dann kann ich mir noch die Kathedrale in Ruhe anschauen. Hasta pronto! *(Unser* guía *bringt mir spanisch bei, haha.)*

5.

Ein Tag war seit dem Fund der Leiche vergangen und noch immer gab es nicht den geringsten Anhaltspunkt, um wen es sich handelte oder was die genaue Todesursache war, vom Tatmotiv ganz zu schweigen. Auch die Nachforschungen von Fernanda hatten keinen Treffer ergeben. Bisher sah es so aus, als wäre die Kette nicht an einem der Stände rund um die Kathedrale gekauft worden. Allerdings hatte es in den letzten beiden Tagen immer wieder geregnet, sodass sicherlich nicht alle Standbesitzer ihrem Geschäft nachgegangen waren und deshalb nicht angetroffen werden konnten. Es gab zwar offizielle Standgebühren und Listen über die vermieteten Plätze, aber die Aufzeichnungen wurden nicht ordentlich geführt und waren unvollständig. Vielleicht stellte sich die Kette aber auch als Sackgasse heraus und hatte überhaupt nichts mit dem Mord zu tun.

Diego saß an seinem Schreibtisch, kaute auf seinem Stift und klickte sich zum dritten Mal durch die Vermisstendatenbank. Mittlerweile hatte er die Suche auf ganz Spanien ausgeweitet, da keiner der im Umkreis von Santiago de Compostela verschwundenen Männer auf die Beschreibung des Opfers passte. Sein anfänglicher Verdacht, dass es sich aufgrund der Wanderstiefel um einen Pilger handelte, hatte sich bisher noch nicht bestätigt. Kein Wanderer war in der letzten Zeit als vermisst gemeldet worden. Zu allem Überfluss hatte sein Chef, der Polizeipräsident, auch noch für den Mittag eine Pressekonferenz anberaumt, zu der Diego nicht mit leeren Händen erscheinen konnte.

Fernanda stürmte ins Zimmer.

»Hast du was?«, fragte Diego und schaute sie hoffnungsvoll an.

»Wie man's nimmt. Hast du heute schon die Zeitung aufgeschlagen?«

Diego schüttelte den Kopf. Er war bereits seit 7 Uhr im Büro und mit der Recherche beschäftigt gewesen.

»Es gibt einen Bericht zum Leichenfund. Und ein Bild von der Kreuzkette!«

Diegos Körper fing an zu kribbeln. »Wie bitte? Die Information mit der Kette haben wir doch bewusst vor der Presse zurückgehalten. Und wie kommen die an ein Foto?«

Fernanda schüttelte den Kopf. »Auf dem Foto ist nicht die originale Kette abgebildet – sie weist keinerlei Blutspuren auf. Aber es ist ein sehr ähnliches Modell.«

»Schaff mir den Verfasser des Artikels her. Ich will wissen, woher er oder sie die Informationen hat. Entweder, wir haben ein Leck in unseren eigenen Reihen, oder es gibt eine Verbindung zum Täter.« Diego war sich bewusst, dass sein Tonfall sehr streng war, aber seine Partnerin kannte ihn schon lange genug und sie hatten über die Jahre eine Art eigene Sprache entwickelt.

Wie zur Bestätigung seiner Gedanken nickte Fernanda lächelnd: »Wird gemacht.«

Diego überlegte einen kurzen Augenblick, dann ergänzte er: »Überlass das mit dem Journalisten doch César und kümmere du dich besser weiter um die Kreuzkette. Mein Bauchgefühl sagt mir, dass wir da etwas auf der Spur sind.« Er wollte César nochmal eine Chance geben, zu beweisen, dass auf ihn Verlass war.

Als Fernanda sich an ihren Schreibtisch setzte, um zu telefonieren, schaute Diego wieder grimmig auf den Bildschirm. Das hatte ihm gerade noch gefehlt! Als Chef des Teams würde er für eine undichte Stelle zur Rechenschaft gezogen werden. Er fuhr sich durch seine dunklen Locken und brachte sie noch mehr in Unordnung.

Nach einer weiteren Stunde Bildschirmarbeit und einem Telefonat mit Claude stand er auf.

»Die Vermisstenanzeigen bringen uns im Moment nicht weiter«, wandte er sich Fernanda zu. »Aber ich habe gerade mit Claude gesprochen. Der Mann trug neben den Wanderstiefeln auch Funktionskleidung. Es könnte doch sein, dass es sich um einen alleinreisenden Pilger handelt. Das würde auch erklären, weshalb er noch nicht als vermisst gemeldet worden ist.«

Fernanda schien sich Diegos Worte durch den Kopf gehen zu lassen, bevor sie schließlich antwortete: »Wäre gut möglich. So wie ich dich kenne, hast du dir dazu aber noch weitere Gedanken gemacht, oder?«

»Ich habe tatsächlich schon recherchiert. Erinnerst du dich an die Demonstration vor der Kathedrale letzte Woche?« Diego meinte die Frage eher rhetorisch. Fernanda würde die Demonstration wohl kaum vergessen haben, denn mehrere Personen waren verletzt worden.

»Natürlich. Es ging den Demonstranten doch darum, dass zu viele Touristen nach Santiago kommen?«

»Genau. Sie haben gegen den sogenannten *Overtourism* protestiert. Sie wollen, ich zitiere, ›Santiago vor dem Touristenstrom beschützen und die Stadt wieder lebenswerter für die Einheimischen machen‹. Dabei geht es ihnen vor allem um die stark steigenden Mietpreise aufgrund der vielen *Airbnb*-Ferienwohnungen für Touristen.«

»Und du meinst, da könnte es eine Verbindung mit unserem Fall geben, sofern unser Opfer ein Tourist war?«

»Ich weiß, das klingt erst mal weit hergeholt, aber ich habe nach dem Einsatz bei der Demonstration mit den beiden Kollegen gesprochen, die vor Ort gewesen sind. Sie haben mir berichtet, dass die Bewegung in den letzten Wochen immer aggressiver geworden ist und mittlerweile auch nicht mehr vor physischer Gewalt gegenüber Touristen zurückschreckt. Bei der Kundgebung wurde ja nicht nur ein Polizist verletzt, sondern auch mehrere Pilger sind tätlich angegriffen worden.«

Diego sah an Fernandas gerunzelter Stirn, dass sie von seiner Theorie nicht wirklich überzeugt war.

»Ich weiß, von einer kleinen Prügelei bis hin zu einem Mord ist es normalerweise ein langer Weg. Aber so schnell, wie sich die Gruppe in den letzten Wochen verändert hat, denke ich, dass es sinnvoll ist, diese Richtung mit in unsere Überlegungen einzubeziehen. Ich werde mich mal ein bisschen über die Bewegung schlau machen.«

6.

Es war kurz nach 6 Uhr am Morgen. Hannah blickte verschlafen auf ihr Handy und stellte ihren Wecker aus. Noch keine Nachricht von Verena, wahrscheinlich war sie noch nicht aufgestanden.

Geduscht und in ihrer Wanderkleidung tauchte sie eine halbe Stunde später in der Küche auf. Katrin und Tim bereiteten das Frühstück sowie den Proviant für den vorletzten Wandertag vor.

»Mhm, das duftet lecker«

»Willst du eine Tasse Kaffee?« Tim lächelte Hannah an, die ein Koffein-Junkie war, wie sie ihm erzählt hatte.

José stieß zu ihnen und sie versammelten sich um den großen, runden Esstisch. Den eigentlichen Plan, draußen zu frühstücken, hatten sie kurzerhand verworfen, da es die vergangene Nacht geregnet hatte und die Morgenluft daher noch etwas zu frisch war.

»Wo ist Leon?«, fragte Katrin in die Runde. Alle

blickten sich um.

»Keine Ahnung«, sagte Tim. »Ich habe ihn heute auch noch gar nicht gesehen. Als ich aufgewacht bin, war er schon weg. Ist wahrscheinlich joggen.« Er schaute auf die Uhr. »Der taucht bestimmt gleich auf.«

Hannah schüttelte es innerlich. Wie konnte man nur so motiviert sein? Ihre Füße schmerzten immer noch und ihre Waden fühlten sich schwer an. Sie war froh, wenn sie den heutigen Wandertag überstand. Und wäre nicht im Entferntesten auf die Idee gekommen, ans Joggen überhaupt nur zu denken.

Als Leon nach weiterem Warten aber nicht kam, rief Tim ihn an.

Hannah hörte das Klingeln eines Handys. »Seid mal bitte leise«, forderte sie José und Katrin auf, die sich über die anstehende Etappe unterhielten.

Jetzt hörten es die anderen auch.

»Das kommt aus unserem Zimmer.« Tim stand auf und lief zur Tür des Zimmers, das direkt an die Küche angrenzte. Vorsichtig drückte er die Türklinke hinunter.

»Alles in Ordnung?« Hannah war von Tims Behutsamkeit irritiert.

Tim lachte. »Wahrscheinlich hat sich mein werter Kollege in einem unbeobachteten Moment vorbeigeschlichen und will mich jetzt erschrecken. Aber mich legt er nicht mehr rein, ich kenne ihn zu gut. Diesen Triumph gönne ich ihm nicht.«

Hannah sah, wie Tim langsam ins Zimmer ging.

Nach einem kurzen Augenblick kam er wieder zurück und schüttelte den Kopf.

»Sein Handy lag neben dem Kopfkissen. Normalerweise geht er ohne das Ding nicht mal aufs Klo.«

Hannah stand auf und ging auf Tim zu, der in der Tür stehen geblieben war. »Wann hast du Leon denn zum letzten Mal gesehen?«

Nachdem Tim ihr berichtet hatte, dass sie um kurz vor Mitternacht das Licht ausgemacht hatten, betrat Hannah das Zimmer und schaute sich um. Bis auf das zerwühlte Bett sah das Zimmer sehr ordentlich aus. Kleidung lag akkurat gefaltet neben zwei Wanderrucksäcken.

»Komisch, Leon hat sich gestern Abend frische Sportkleidung herausgelegt, die liegt hier noch. Und seine Laufschuhe stehen auch da.«

»Vielleicht ist er nur spazieren gegangen?«

Tim zuckte auf die Frage von Hannah nur mit den Schultern. »Selbst dann, er würde sein Handy mitnehmen. Er trackt damit seine Schritte.«

»Hast du denn mitbekommen, ob er heute Nacht noch einmal aufgestanden ist?«

Kopfschüttelnd antwortete Tim: »Nein, ich habe nichts gehört. Allerdings schlafe ich auch immer mit Schlafmaske und *Ohropax*. Das habe ich mir angewöhnt, seitdem ich Berater bin, um überall und jederzeit schlafen zu können.« Er blickte Hannah ins Gesicht. »So langsam mache ich mir Sorgen.«

Hannah versuchte, Tim zu beruhigen. »Lass uns zu den anderen zurückgehen, Leon hat wahrscheinlich im Halbschlaf sein Handy liegen gelassen.«

Zurück in der Küche empfingen sie fragende Gesichter. In Hannahs Kopf ratterte es. Äußerlich blieb sie gelassen, in ihrem Inneren begann aber die Polizistin zu arbeiten und nach möglichen Erklärungen zu suchen.

Tim räusperte sich. »Hat einer von euch Leon heute schon gesehen?«

Katrin und José schüttelten gleichzeitig ihre Köpfe.

»Vielleicht ist er spazieren gegangen?«, schlug Katrin vor.

»Das haben wir auch schon überlegt. Aber sein Handy ist hier. Und er müsste schon längst zurück sein.«

»Was machen wir jetzt, müssen wir beunruhigt sein?«, mischte sich José ins Gespräch ein.

Die meisten Augen richteten sich daraufhin auf Hannah. Sie schüttelte den Kopf und hob beruhigend die Hände. »Lasst uns erst mal zu Ende frühstücken und unsere Sachen zusammenpacken. Sicher kommt Leon noch.«

Doch auch nach einem ausgedehnten Frühstück und weiteren 30 Minuten, die sie aufs Packen verwendeten, gab es immer noch keinen Hinweis auf Leon.

Katrin war die Erste, die ihre Gedanken aussprach. »Sollen wir die Polizei rufen? Macht die dann überhaupt etwas? Es heißt doch immer, dass eine Person erst 24 Stunden verschwunden sein muss, bis die Polizei anfängt, nach ihr zu suchen.«

Hannah war diesem Vorurteil schon oft begegnet. Die Leute schauten einfach zu viele Krimis und nahmen an, dass alles, was sie dort sahen, auch in der Realität so passieren würde. Dabei hatten fiktive Krimis und echte Polizeiarbeit so viel miteinander zu tun wie Leberkäse mit Käse – nämlich gar nichts. Natürlich überprüfen Polizisten erst die Umstände des Verschwindens. In den allermeisten Fällen sind die vermissten Personen freiwillig verschwunden und tauchen, gerade wenn es sich um Jugendliche handelt, innerhalb von ein paar Tagen wieder auf. Wenn jedoch eine erwachsene Person ohne ersichtlichen Grund plötzlich verschwindet, wird in der Regel schnell nach ihr gefahndet.

»In Deutschland gibt es keine 24-Stunden-Regel. Üblicherweise fahnden wir sehr schnell nach Vermissten. Und ich gehe davon aus, dass die spanischen Kollegen das ähnlich handhaben. José, kannst du bitte die Polizei rufen? Meine Spanischkenntnisse reichen dazu nicht aus.« Zudem war Hannah sich nicht sicher, ob die spanischen Polizisten gut genug englisch sprachen.

Nach einer knappen Stunde Wartezeit kamen zwei Polizisten und befragten die anwesenden Personen zu Leons Verschwinden. José war als Übersetzer eine große Hilfe. Als die beiden noch recht jungen Polizisten erfuhren, dass Hannah eine Kollegin aus Deutschland war, blickten sie sie freundlich an. Hannah kannte das Gefühl, in solchen Situationen froh zu sein, auf eine Kollegin oder einen Kollegen zu treffen. Meist hatte man direkt eine gute Verbindung – auch über Landes- und Altersgrenzen hinweg.

Nach einer halben Stunde hatten die Beamten die Vermisstenmeldung aufgenommen und informierten die Anwesenden, dass sie unter den gegebenen Umständen direkt mit einer Suche im Umkreis beginnen würden.

»Und was machen wir jetzt? Ist es sinnvoll, länger hierzubleiben?«, fragte José und schaute die Gruppe an.

»Ich bleibe auf jeden Fall«, sagte Tim. »Wahrscheinlich ist es aber nicht notwendig, dass die komplette Wandergruppe ihre Tour abbricht. Vielleicht taucht Leon auch schnell wieder auf. Wir haben der Polizei alles erzählt, da sind wir sowieso keine große Hilfe, oder?«

Hannah nickte. Genau der gleiche Gedanke war ihr auch schon durch den Kopf gegangen. Sie hatte Vertrauen in die spanischen Kollegen und wollte sich in ihrem Urlaub und in einem fremden Land keinesfalls in die Polizeiarbeit einmischen. Dazu hatte sie sowieso keine Befugnisse. Wenn einer von ihnen zurückbliebe, wäre das ausreichend. Und Hannah konnte verstehen, dass Tim als bester Freund von Leon diesen Part übernehmen wollte.

Bevor die, nun sehr kleine, Wandergruppe aufbrach, schaute Hannah noch einmal auf ihr Handy. Verena hatte ihre Nachricht noch nicht einmal gelesen. Hannah seufzte. Bestimmt hatte sie mal wieder alles um sich herum vergessen, weil sie in eine Aufgabe vertieft war. Und dieses Mal konnte Hannah ihr das nicht übel nehmen, schließlich stand ein besonderes Ereignis bevor: Verenas und Albas Hochzeit! In weniger als einem halben Jahr wollten sich die beiden Frauen das Jawort geben und planten eine große Feier mit allem Drum und Dran. Von der Location bis hin zum Blumenschmuck organisierte Verena alles selbst. Wenn sie sich in ein Herzensthema verbiss, wurde sie zu einem wahren Organisationstalent.

»Hannah, können wir los?« José stand mit Katrin bereits an der Tür und schaute ungeduldig auf seine Armbanduhr.

»Ja klar. Auf geht's zur vorletzten Etappe!«

7.

Der Morgen im Kommissariat war verdächtig ruhig gewesen. Nachdem er die Pressekonferenz am Tag zuvor leider ohne neue Informationen abhalten musste, hatte Diego noch nichts Weiteres von seinem Vorgesetzten gehört. Er wusste, dass das kein gutes Zeichen war, versuchte aber, sich dadurch nicht ablenken zu lassen. Deshalb hatte er zunächst mit der Rechtsmedizin telefoniert, allerdings gab es noch keine neuen Erkenntnisse und er musste auf den finalen Obduktionsbericht warten, der spätestens bis zum nächsten Tag fertig gestellt werden sollte.

Den restlichen Vormittag hatte er damit verbracht, zur *Overtourism*-Gruppierung zu recherchieren. Nachdem er sich einen Überblick über die Forderungen der Teilnehmer gemacht hatte, beschloss er, direkt mit dem Organisator der Proteste zu sprechen. Dieser war nach der letzten Kundgebung in Gewahrsam genommen worden, da er einem Touristen eine Ohrfeige verpasst hatte. Er wurde aber schnell wieder auf freien Fuß gesetzt. Diego notierte sich dessen Arbeitsstätte sowie Adresse und blickte dann auf die Uhr an der Wand gegenüber. Es war schon fast Mittag und er hatte noch nichts von Fernanda oder César gehört. Nachdem César seinen Anruf nicht entgegennahm, probierte er es bei Fernanda und hatte mehr Glück.

»*Hola* Fernanda, sag mal, weißt du, wo César ist? Er geht nicht ans Telefon und der Journalist ist bisher auch nicht im Präsidium erschienen.«

»*Buenos días*, Diego. Nein, keine Ahnung wo César steckt, ich habe von ihm heute auch noch nichts gehört. Aber gut, dass du anrufst. Ich habe Neuigkeiten. Warte einen Moment ...«

Fernanda machte eine kurze Pause und Diego hörte ein lautes Stimmengewirr, dann ein Rascheln gefolgt von einem kurzen Fluchen.

»*Lo siento*, hier ist gerade eine Gruppe Touristen vorbeigelaufen und ich konnte mein eigenes Wort nicht mehr verstehen. Also, ich habe eben noch einmal die Standverkäufer rund um die Kathedrale befragt. Wie schon vermutet stehen hier heute wegen des guten Wetters deutlich mehr Stände als gestern noch. Und einer der Standverkäufer hat mir einen interessanten Tipp gegeben.«

Diego hörte seiner Kollegin konzentriert zu und ignorierte den Polizeichef, der soeben mit lauten Schritten zur Tür hereingekommen war.

Fernandas Worte überschlugen sich fast. »Er konnte sich zwar nicht daran erinnern, die Kette mit dem Holzkreuz in letzter Zeit verkauft zu haben, aber in seinem Angebot gibt es ein ähnliches Modell. Und das Beste ist, dass er diese Ketten von einem Freund bezieht, der in der Stadt ein Souvenirgeschäft führt. Ich habe gerade mit diesem telefoniert. Er hat mir erzählt, dass ein Mann vor etwa einer Woche mehrere Ketten mit Kreuzen gekauft hat. Ihm ist das in Erinnerung geblieben, da er sich gewundert hat, warum jemand gleich sieben dieser Ketten kaufen sollte.«

»Sieben Ketten? Das klingt ganz und gar nicht gut. Wenn die Ketten von unserem Täter gekauft wurden, müssen wir damit rechnen, dass noch sechs weitere Taten geplant sind.«

»Genau das macht mir auch Angst. Wir müssen so schnell wie möglich herausfinden, wer die Ketten erworben hat.«

Diego nickte, obwohl er am Handy war. »Da hast du recht. Hoffentlich kann der Ladenbesitzer sich noch genauer an unseren Unbekannten erinnern. Schnapp dir Martín und fahr zum Laden. Mal sehen, ob er ein Phantombild zeichnen kann, mit dem wir arbeiten können.«

Diego beendete das Gespräch und sah aus dem Augenwinkel, wie sein Chef das Büro wieder verließ. Glück gehabt! Auf die Diskussion über den Zeitungsbericht konnte er gut verzichten. Vor allem, da er noch nicht wusste, wie die Information an die Presse gelangt war.

Er beschloss, noch vor seiner Mittagspause Fernando Díaz einen Besuch abzustatten. Diegos Recherchen zufolge arbeitete der Organisator der *Overtourism*-Demonstrationen als Umweltbeauftragter bei der Stadtverwaltung. Ziemlich passend!

Während es in Diegos Kopf ununterbrochen arbeitete, war es in Santiago ungewöhnlich ruhig. Er versuchte, auf dem kurzen Weg zur Verwaltung abzuschalten und schaute sich um. Die schmalen, kopfsteingepflasterten Straßen der Altstadt waren wie leergefegt. Einheimische konnte der *Comisario* weit und breit nicht entdecken – kein Wunder bei fast 40 Grad. Nur vereinzelt waren einige verrückte Touristen unterwegs. Diego konnte sie nicht verstehen. Er würde niemals freiwillig bei dieser Hitze durch die Stadt laufen. Selbst für den kurzen Weg hatte er sein klimatisiertes Auto genommen. Noch lieber würde er jetzt allerdings im Schatten sitzen und ein kühles Getränk zu sich nehmen.

Er parkte seinen Wagen und lief zügig zum Verwaltungsgebäude. Schon der kurze Weg in der Sonne führte dazu, dass Diego schwitze. Er holte ein Taschentuch aus seiner Hosentasche und tupfte sich den Schweiß vom Gesicht, bevor er dem Mann am Empfang sein Anliegen schilderte. Dieser griff, nachdem Diego ihm seinen Polizeidienstausweis gezeigt hatte, zum Telefon. Er wechselte einige Worte mit jemandem, dann wandte er sich zerknirscht Diego zu.

»Es tut mir leid, *Señor* García, Fernando Díaz hat sich krankgemeldet. Das hat mir seine Vorgesetzte ausgerichtet.«

»Ich möchte kurz mit der Vorgesetzten persönlich sprechen.«

Eine halbe Stunde später verließ Diego das Gebäude wieder. Díaz' Chefin hatte ihn als zuverlässigen und verantwortungsbewussten Mitarbeiter beschrieben. Bisher hatte er noch keinen einzigen Krankheitstag gehabt, nun war er bereits den dritten Tag krank. Zu seiner Rolle bei den Protesten konnte sie nur wenig sagen. Ihr war zwar bekannt, dass er sich intensiv mit den Themen *Overtourism*, Mietpreise und Umweltschäden durch die Touristenschwemme auseinandersetzte. Ob seine Ansichten allerdings in letzter Zeit radikaler geworden waren, dazu vermochte sie keine Aussage treffen. Immerhin hatte er von ihr die Handynummer von Fernando Díaz bekommen.

Sein eigenes Handy klingelte und unterbrach seine Gedanken. Er erkannte die Nummer.

»Hey Yago, was verschafft mir die Ehre? Du willst doch unsere Verabredung morgen Abend nicht absagen und dich vor dem Kochen drücken?«

Diego hörte ein herzhaftes Lachen am anderen Ende, dann wurde die Stimme wieder ernster.

»Nein, ich bekoche dich und Inés morgen mit großer Freude. Mein Anruf hat ausnahmsweise berufliche Gründe.«

»Jetzt bin ich aber gespannt. Was kann ich für euch Kollegen von der Streifenpolizei tun?«

»Ich glaube, wir können da eher was für dich tun.«

Diego war mittlerweile an seinem Auto angelangt

und schloss es mit einer Hand auf.

»Moment, ich suche kurz was zum Schreiben ... Ok, schieß los!«

»Wir wurden gestern zu einem Haus in der Altstadt gerufen. Anwohnern ist aufgefallen, dass eine schon seit Längerem leerstehende Erdgeschosswohnung aufgebrochen wurde. Sie waren in Sorge, dass Obdachlose die Wohnung als Unterschlupf nutzen könnten. Wir haben dort allerdings niemanden angetroffen, die Wohnung war leer – abgesehen von einem Wanderrucksack mit den vollständigen Papieren eines Mannes. Da musste ich direkt an euch denken. Auf den ersten Blick könnten sie zu eurem Toten vom Pilgerschatten passen. Wir haben die Personalien durch den Rechner gejagt, aber uns liegt keine passende Vermisstenmeldung in Spanien vor. Laut Ausweis ist er Deutscher. Es kann also gut sein, dass er in Deutschland als vermisst gemeldet worden ist.«

»Kannst du den Rucksack gleich aufs Revier bringen? Wir treffen uns dann dort. Und schick mir noch die Adresse der Wohnung. Ich versuche herauszufinden, wer ursprünglich dort gewohnt hat und wem sie jetzt gehört.«

Yago bejahte, wollte direkt losfahren und in 10 Minuten da sein.

Nachdem sie aufgelegt hatten, ließ Diego den Motor an und spürte, wie sein Herz schneller schlug. Endlich ein möglicher brauchbarer Hinweis auf die Identität des Toten. Er sah durch den Rucksack seine Vermutungen bestätigt. Es handelte sich wirklich um einen Pilger-Touristen. Vielleicht war seine Theorie, dass der Mord etwas mit den Protesten gegen den *Overtourism* zu tun hatte, doch nicht so weit hergeholt, wie seine Kollegin dachte. Seine Laune wurde schlagartig besser. Voller Tatendrang fuhr er noch bei seinem Lieblingsbäcker vorbei und kaufte Sandwiches für Yago, Fernanda und sich selbst.

An der Treppe zur Polizeistation stieß er auf Claude, die ebenso gut gelaunt zu sein schien. Ja, sie wirkte sogar ein bisschen selbstzufrieden.

»Wir kennen die Todesursache.« Sie machte eine Pause.

»Ich bin ganz Ohr.«

Claude ließ genüsslich noch eine weitere Pause entstehen, bevor sie mit der Sprache herausrückte: »Es war Gift.«

»Gift?«, fragte Diego ungläubig und hob die Augenbrauen. »Damit habe ich ehrlich gesagt nicht gerechnet – bei den Verletzungen, die der Körper aufwies.«

»Es kommt immer anders, als man denkt. Dafür bin ich ja da«, gab die Rechtsmedizinerin zurück.

Diego musste ungewollt lachen. Das war mal wieder typisch Claude – immer hatte sie einen passenden oder auch unpassenden Spruch auf Lager. Das passte eigentlich gar nicht zu ihrer sonst wortkargen und peniblen Art.

»Was ist los, was schaust du so?«

Diego nahm ihren leicht gekränkten Tonfall wahr und bemühte sich, schnell zur Sache zurückzukommen.

»Was für ein Gift wurde benutzt? Und warum ist das Opfer nicht an den äußeren Verletzungen gestorben?«

»Ich weiß, auf den ersten Blick könnte man von einem Tod aufgrund von stumpfer Gewalteinwirkung ausgehen. Allerdings hat die Obduktion ergeben, dass viele der Verletzungen post mortem passiert sind. Das Opfer ist also zwar schlimm entstellt worden, aber überwiegend erst, nachdem sein Tod bereits eingetreten war. Bei einem Blick in den Rachen sind mir ungewöhnliche Reizungen der Mundschleimhaut aufgefallen. Ich habe einige Tests durchgeführt, die meinen Verdacht bestätigt haben: Coniin.«

»Was ist das? So etwas wie Arsen?« Arsen war eines der Gifte, das Diego kannte – allerdings nur aus Krimis, die er in seiner Freizeit gerne einem nach dem anderen verschlang. Er wusste aber auch, dass Arsen nur noch selten von Mördern benutzt wurde. Das lag vermutlicherweise allein daran, dass Arsen heute schwer zu bekommen war.

Claude schüttelte den Kopf: »Bei Coniin handelt es sich um ein Pflanzengift. Es kann rasch über die Schleimhäute, aber auch über die Haut selbst aufgenommen werden.«

Diego runzelte die Stirn. »Pflanzengift? Das heißt, dass das Gift einfach so am Straßenrand wächst und eigentlich für jeden zugänglich ist?«

Claude nickte. »Die Pflanze trägt den Namen *gefleckter Schierling*. Und sie sieht der nichtkrausen

Petersilie zum Verwechseln ähnlich. Schon im Altertum wurde das Gift der Pflanze verwendet, um Menschen hinzurichten. Auch Sokrates soll dieser Tod ereilt haben.«

»Das wusste ich ja gar nicht«, antwortete er Claude, die von seiner heimlichen Leidenschaft für Philosophie wusste. »Wie schnell wirkt das Gift denn? Ist das Opfer rasch gestorben?«

Claude schaute nochmal in ihre Unterlagen und rückte ihre Brille zurecht, bevor sie sprach. »Leider nein. Das perfide an Coniin ist, dass nach der Aufnahme sukzessive die Muskeln gelähmt werden und der Tod erst nach etwa 5 Stunden eintritt. Man ist beim Todeskampf also die ganze Zeit bei vollem Bewusstsein und stirbt schließlich durch eine Lähmung der Brustkorbmuskulatur.«

In Diegos Kopf begann es zu arbeiten. Es passte einfach nichts zusammen. Laut Statistik waren es fast immer Frauen, die Gift als Mordwaffe wählten. Allerdings, warum sollte eine Mörderin das Risiko auf sich nehmen, während des langen Todeskampfes ihres Opfers entdeckt zu werden? Und auch die hauptsächlich nach dem Tod zugefügten Wunden wollten nicht so recht ins Bild passen. Sie sprachen für einen unbändigen Hass und erforderten einiges an Kraft. Vielleicht hatten sie es mit zwei Tätern zu tun.

»Wenn du noch Fragen hast, du weißt, wo du mich findest«, durchbrach Claude seine Gedanken und wandte sich von ihm ab.

Diego rief ihr noch ein »*Gracias*« hinterher, ehe

er ins Kommissariat lief, wo bestimmt schon Yago mit dem Rucksack auf ihn warten würde.

8.

Kurz vor dem Ziel sollte die Stimmung der Wanderer euphorischer werden, doch genau das Gegenteil war der Fall. Trotz der Pfade durch Eukalyptushaine, die den ganzen Tag über Schatten gespendet hatten, und der schönen Landschaft, war die Stimmung sehr gedrückt. Zur Mittagszeit konnte Hannah mit Tim telefonieren, es gab aber keine Neuigkeiten. Neben der wachsenden Sorge um Leon beschäftigte Hannah noch etwas anderes: Sie konnte Verena nicht erreichen. Nachdem ihre Freundin nicht auf ihre Nachrichten geantwortet hatte, hatte es Hannah mehrmals telefonisch versucht, doch die Mailbox war direkt angesprungen. Bei Nachrichten mochte Verena vergesslich sein, aber bei Anrufen ging sie normalerweise immer ran oder rief innerhalb kürzester Zeit zurück. Dies lag nicht zuletzt daran, dass Verena in ständiger Sorge um ihre Eltern war, die trotz ihres hohen Alters noch alleine in Deutschland lebten.

Nach einem weiteren fehlgeschlagenen Anruf musste Hannah sich zur Ruhe ermahnen. In weniger als 3 Stunden würde ihre Wandergruppe in Santiago ankommen, dann würde sich alles klären. Hannah atmete noch einmal tief ein und aus, um ihren Herzschlag zu beruhigen. Sie ging immer direkt vom Schlimmsten aus, und daran war nicht allein ihr Beruf schuld. Schon in ihre Kindheit war sie eher vorsichtig gewesen und hatte sich mit ihrer blühenden Fantasie die schlimmsten Dinge ausgemalt, die am Ende aber nie eingetreten waren.

»Alles in Ordnung mit dir, Hannah?« Katrin blickte sie fragend an.

Wieder einmal konnten andere ihre Stimmung aus ihrem Gesicht ablesen.

»Ja, alles in Ordnung.« Sie zwang sich zu einem Lächeln.

Damit gab sich Katrin zum Glück zufrieden und wandte sich von ihr ab. Ein Gespräch über ihre Ängste und Sorgen war das Letzte, was die Kommissarin jetzt brauchte. Sie nahm sich vor, die letzten Stunden der Etappe zu genießen und ließ ihren Blick in die Landschaft schweifen.

◆ ◆ ◆

Früher als geplant kamen José, Katrin und Hannah in Santiago de Compostela an. Alle waren die letzten Kilometer voller Vorfreude gewesen. José hatte ihnen schon viel über die knapp 100.000 Einwohner umfassende Stadt erzählt, die malerisch von grünen Hügeln umgeben war. Von einem dieser Berge, dem *Monte de Gozo*, hatten sie bereits einen ersten Blick auf Santiago werfen können. Hannah wusste, dass viele Pilger und Touristen jedes Jahr die Kathedrale und weitere Sehenswürdigkeiten besuchten, aber sie hatte auch Neues erfahren.

Als sie die Altstadt erreichten, schlug José vor, noch einen kurzen Rundgang zu unternehmen, bevor sie zum Highlight und dem Ende ihrer gemeinsamen Reise, der Kathedrale, liefen. Hannah mochte die Stadt auf Anhieb. Die schmalen, kopfsteingepflasterten Gassen der historischen Altstadt lagen angenehm im Schatten. Kleine Boutiquen, Handwerksläden und Cafés prägten das Stadtbild. Alle Häuser waren einheitlich aus Stein gebaut worden und trotz ihres hohen Alters, das sie haben mussten, sehr gut in Schuss. Am meisten beeindruckte Hannah das Gebäude der Fakultät für Geographie und Geschichte der *Universidade de Santiago de Compostela* auf der *Praza Universidade*. Das Eingangstor bildeten vier ionische Säulen, auf deren Querbalken verschiedene Steinskulpturen platziert waren. Hannah blieb davor stehen und machte Fotos.

José bemerkte ihre Begeisterung. »Wenn ihr Zeit habt, müsst ihr euch unbedingt die alte Bibliothek dort drinnen ansehen, sie ist ein wahres Glanzstück. Ich finde, sie erinnert ein bisschen an Harry Potter. Außerdem lohnen sich auch noch die anderen Säle, teilweise sind sie mit Fresken verziert.«

Hannah nickte ihm zu. Sie hatte bereits in ihrem Reiseführer gelesen, dass die Universität, die eine der größten des Landes war, sehr beeindruckend sein sollte.

»Und wenn man nach ein paar Tagen genug von alten Gebäuden hat, kann man hier denn auch irgendwo gut shoppen gehen?«, wandte sich Katrin an José.

Dieser erklärte, dass Santiago de Compostela nicht nur aus historischen Bauten bestehen würde, sondern auch große Einkaufszentren wie das *Centro Comercial As Cancelas* zu bieten hatte. Hannah mochte es, dass in Santiago auf engstem Raum Gegenwart und Tradition aufeinandertrafen, denn sie liebte die Abwechslung. Sie freute sich immer mehr auf eine erholsame, aber auch spannende Woche, in der sie viele neue Eindrücke sammeln konnte.

Das letzte Stück auf ihrem kleinen Rundgang reihten sie sich in einen Strom von Pilgern ein und erreichten dann das Ziel: die Kathedrale von Santiago de Compostela. Das imposante Bauwerk, das über einer Grabstätte errichtet wurde, die dem Apostel Jakobus zugeschrieben wird, ragte dem wolkenlosen, blauen Himmel entgegen. Hannah musste trotz Sonnenbrille ihre Augen zusammenkneifen, als sie zu den Türmen hinaufblickte. Wie hoch die wohl sein würden? Sie tippte auf 70 Meter und freute sich, als sie von einem Guide einer anderen Gruppe, dessen Mikrofon mit einem Lautsprecher verbunden war, hörte, dass sie fast richtig lag. Die Türme waren 75 Meter hoch. Einer davon war der Glockenturm. Hannah richtete ihren Blick wieder nach unten, auf den Eingang des Westportals. Mit ihrem Handy schoss sie einige Fotos. José wies auf verschiedene barocke, klassizistische und gotische Elemente des Sakralbaus hin. Hannah kannte sich mit den Begriffen nicht aus, aber das machte nichts. Sie war beeindruckt, wie detailreich die Fassade verziert war. Je genauer sie hinschaute, desto mehr kleine Figuren aus Stein konnte sie erkennen.

»Lasst uns reingehen, da gibt es noch mehr zu staunen«, trieb José Hannah und Katrin an.

Und tatsächlich, er hatte nicht zu viel versprochen, dachte Hannah, als sie die angenehm kühle Kathedrale betrat. Die meterhohen Decken waren imposant und auch etwas einschüchternd. Obwohl sich viele Besucher in der Kathedrale aufhielten, herrschte eine andächtige Stille. Hannah kam sich auf einmal winzig klein und unbedeutend vor. Sie stellte sich vor den goldenen Altar. Wenngleich sie nicht gläubig war, konnte sie verstehen, warum so viele Pilger hier einer Messe beiwohnen wollten. Das hier hatte nichts mehr mit einer klassischen Kirche zu tun. Die Atmosphäre war eine ganz andere – andächtig und feierlich. Sie folgte den anderen in die Krypta, dem eigentlichen Ziel des Jakobswegs. Durch Eisengitter konnte sie den silbernen Schrein sehen, in dem angeblich die Gebeine von Apostel Jakobus lagen.

»Ich habe Gänsehaut«, flüsterte ihr Katrin zu und

Hannah musste sich eingestehen, dass es ihr genauso erging – und dass das nicht an der Kälte lag. Als sie nach über einer Stunde die Kathedrale wieder verließ, fühlte es sich an, als wäre für diese Zeit die Welt kurz stehen geblieben. Hannah brauchte einen Moment, um wieder im Hier und Jetzt anzukommen. Dann fand sie sich im Trubel der Menschen wieder.

José durchbrach das allgemeine Schweigen. »Ich denke, ich habe euch nicht zu viel versprochen.«

Wie auch Katrin nickte Hannah zur Bestätigung.

Die gemeinsame Reise war nun zu Ende. Nach einigen Worten der Verabschiedung und dem Austausch von Handynummern brach Katrin zu ihrer Unterkunft auf. José und Hannah blieben noch stehen. Hannah schaute sich um und blickte dann auf ihre Armbanduhr. Es war kurz nach 17 Uhr, also Zeit, dass Verena sie abholte. Doch weit und breit konnte sie sie nicht entdecken.

»Ist deine Freundin noch nicht da?«, fragte José, der wusste, dass Hannah verabredet war.

Sie schüttelte den Kopf: »Ich habe sie zumindest noch nicht gesehen und ihr Handy ist leider aus. Aber ich habe ihre Adresse, wahrscheinlich hat sie einfach nur die Zeit vergessen.«

José nickte. »Falls irgendetwas ist, du hast meine Nummer. Und du bist natürlich herzlich eingeladen, auf einen Kaffee bei uns vorbeizuschauen. Meine Frau würde sich bestimmt freuen, dich kennenzulernen.«

Hannah lächelte dankbar. Sie schätzte die Herzlichkeit und Gastfreundschaft der Spanier, wovon sich die Deutschen eine große Scheibe abschneiden könnten. »Danke, José, wir bleiben auf jeden Fall in Kontakt.«

Sie umarmten sich zum Abschied.

Hannah lief durch die Gassen der Altstadt in Richtung *Zona Nueva*, der Neustadt, in der sich ihre Freundin Verena mit Alba niedergelassen hatte. Die *Zona Nueva* war weniger schick als die Altstadt und erinnerte Hannah an manchen Stellen an Neukölln. Die Häuserfassaden, vor allem die Fensterläden der noch geschlossenen Bars und Kneipen, wurden von, teilweise überraschend kunstvollen, Graffitis verziert, sahen aber trotzdem ein wenig schmuddelig aus. Dafür gab es aber auch einige kleinere Boutiquen, die sich sicherlich gut für einen Shoppingtrip eigneten. Hannah dachte an ihren extra leergelassenen Platz im Wanderrucksack. Auf jeden Fall wollte sie sich in den kleineren Geschäften mit der neusten spanischen Mode eindecken. Ihr Kleiderschrank brauchte dringend ein Update und in Berlin machte ihr shoppen einfach keinen Spaß. Sie konnte den großen Ketten und Marken nichts abgewinnen. Deshalb freute sie sich umso mehr, als sie an einem weiteren Laden vorbeiging, der zwei sommerliche Kleider im Schaufenster ausgestellt hatte, die ihr sofort gefielen. Das war doch schon mal vielversprechend! Und was die Bars und Restaurants anging: Wahrscheinlich würde es hier am späteren Abend, wenn alles offen wäre, ganz anders aussehen. Hannah hatte richtig Lust, den Tag gemeinsam mit ihrer Freundin bei einem Glas guten *Vino Tinto* und *Tapas* ausklingen zu lassen.

Rua Nova de Abaixo Nummer 19, las Hannah die genaue Adresse der Wohnung nochmal in einer der Nachrichten von Verena nach. Laut Karte war sie fast da. Als sie das Klingelschild erblickte, freute sie sich darauf, endlich Verena zu begrüßen, den Wanderrucksack abzustellen und zu duschen. Nach den Tagen in Wanderkluft sehnte sie sich nach ihrem luftigen Sommerkleid und Flipflops.

Hannah klingelte. Als niemand öffnete, spielte sie ungeduldig an ihren Locken. »Nun komm schon, mach auf«, murmelte sie laut vor sich hin.

Doch auch nach mehrmaligem Läuten regte sich nichts. So langsam wurde sie ungeduldig. Hannah entfernte sich etwas vom Haus und versuchte, einen Blick hoch zum zweiten Stock zu werfen. Eine Bewohnerin kam und schloss die Tür auf. Hinter ihr schlüpfte Hannah ins Gebäude. Im zweiten Stock angekommen klingelte sie an der ersten Tür, die mit einem großen Namensschild versehen war. ›Verena Grabowski‹ und ›Alba Martínez‹ stand in schnörkeliger Schrift darauf. Hannah lauschte, doch aus der Wohnung drang kein Geräusch.

Sie drückte die Klinke nach unten und zu ihrer Überraschung öffnete sich die Tür. Hannah betrat den etwas bunten, aber sehr einladend eingerichteten Flur der Wohnung und rief nach ihrer Freundin. Als sie keine Antwort bekam, schaute sie ins Wohnzimmer und ins Bad, wo ihr jedoch nichts Besonderes auffiel. Die Wohnung war so geschnitten, dass erst am Ende des Flurs die Tür zum Schlafzimmer zu finden war. Hannah war nicht wohl dabei, alleine in die Zimmer zu gehen, allerdings musste sie wissen, was los war. Sie hatte ein ungutes Gefühl. Die Schlafzimmertür stand weit offen. Hannah betrat den Raum und schaute sich in Ruhe um. Das große Holzbett, das in der Mitte des Zimmers stand, war leicht unordentlich und zerwühlt. Es musste also in letzter Zeit benutzt worden sein. Hannah lief einmal um das Bett herum. Auf dem linken Nachttisch stand ein leeres Wasserglas. Die dazugehörige Wasserflasche lag auf dem Boden. Sie hatte keinen Deckel mehr. Trotzdem konnte Hannah keinen Wasserfleck entdecken. Entweder war sie leer gewesen oder sie lag schon lang genug auf dem Teppichboden, sodass der Fleck bereits getrocknet war.

Erst jetzt bemerkte Hannah, dass sie in die Rolle der Polizistin geschlüpft war, die Spuren untersuchte und Rückschlüsse zog. Dass ihre Freundin immer noch nicht aufgetaucht war, in Kombination mit der nicht abgeschlossenen Tür und der am Boden liegenden Flasche, löste bei Hannah Unruhe aus. Ja, ihre Freundin war manchmal tollpatschig und oft vergesslich. Aber nicht unzuverlässig. Und genau das bereitete Hannah Kopfzerbrechen. Sie versuchte, systematisch vorzugehen und sich nicht von ihren Gefühlen leiten zu lassen. Hannah beschloss, weitere Informationen zu sammeln, wie sie es bei einer beruflichen Ermittlung ebenfalls getan hätte.

Nachdem sie die Wohnung noch einmal genauer unter die Lupe genommen hatte, jedoch nichts fand, was ihr weiterhalf, klingelte sie bei der Nachbarswohnung. Natürlich durfte sie als Polizistin in Spanien offiziell keine Personen befragen. Sie würde nur ein informelles Gespräch führen, um erste Informationen zum Verbleib ihrer Freundin zu bekommen.

Eine ältere Dame öffnete ihr direkt nach dem ersten Klingeln. *»¿Hola, qué quiere?«*

Mist, mit Englisch könnte das schwierig werden, das hätte sie sich eigentlich denken können. Sie stellte sich vor und versuchte, der Nachbarin mit Händen und Füßen zu erklären, dass sie auf der Suche nach Verena und Alba war. Die Nachbarin schien sich daran zu erinnern, dass Verena vom anstehenden Besuch erzählt hatte, jedoch konnte Hannah auch mit bestem Willen dem spanischen Wortschwall nicht folgen.

Paola, so hieß die Nachbarin, wie Hannah heraushören konnte, ließ sie in ihre Wohnung, bugsierte sie in Richtung Wohnzimmer und signalisierte ihr, sich auf das Sofa zu setzen. Nach 5 Minuten kehrte sie mit zwei Tassen Kaffee zurück und drückte Hannah eine davon in die Hand. Hannah nickte ihr dankbar zu und lächelte. In der Zwischenzeit hatte sie José eine Nachricht geschrieben. Er hatte sich sofort dazu bereiterklärt, vorbeizuschauen und ihr beim Übersetzen zu helfen.

9.

Sie hatte den Stein, an dem ein Bild befestigt worden war, lange angestarrt. Trotz des fahlen Lichts hatte sie sofort erkannt, was darauf zu sehen war: sie selbst, Arm in Arm mit ihrer Freundin Alba. Sie konnte sich noch gut an den Moment erinnern, in dem das Foto entstanden sein musste. Vor zwei Wochen hatten sie sich beide den halben Tag freigenommen, um ein paar Erledigungen für ihre Hochzeit zu machen. Da das Wetter so schön war, beschlossen sie, den Tag mit einem Glas *Tinto de Verano* – einem in Spanien beliebten Gemisch aus Rotwein und Zitronenlimonade – zu krönen. Das Bild musste heimlich aufgenommen worden sein. Darauf war zu sehen, wie sie gerade gut gelaunt und eng umschlungen das Restaurant verließen. Verena verspürte einen Stich in der Magengrube, als sie an den schönen und unbeschwerten Abend dachte. Schlimmer als das Bild war aber der Text auf der Rückseite. In der Dunkelheit hatte Verena etwas gebraucht, bis sie komplett lesen konnte, was in schnörkeliger Schreibschrift auf Spanisch darauf stand:

Gestehe deine Sünden und besinne dich deiner Aufgabe, sonst wird Alba sterben.

Verena hatte keinen blassen Schimmer, welche Sünden sie gestehen sollte und um welche Aufgabe es gehen könnte. Sie versuchte, ruhig zu bleiben und rational nachzudenken, doch es gelang ihr nicht. Sie schluckte, um sich zu beruhigen, aber es wurde nur noch schlimmer. Sie verspürte einen Kloß im Hals, der stetig größer zu werden schien. Wer auch immer sie hierhergebracht hatte, hatte auch Alba in seiner Gewalt. Sie musste husten, als sie an ihre Verlobte dachte. Tief durchatmen und nicht in Panik verfallen, versuchte sie sich gut zuzureden. Aber es gelang ihr nicht. Sie schnappte nach Luft und hatte das Gefühl, zu ersticken. Um sich abzulenken, kniff sie sich in den Arm. Diesen Ratschlag hatte ihr eine Freundin gegeben, sollte sie ihr Spray nicht direkt finden. Der Tipp half, trotzdem war der Asthmaanfall erst nach einer gefühlten Ewigkeit vorbei und sie konnte wieder normal atmen. Sie wusste mittlerweile, dass oft starker Stress die Anfälle auslöste. Normalerweise versuchte sie, stressige Situationen so gut es ging zu vermeiden und ihr Spray immer bei sich zu tragen.

Verena schloss die Augen und konzentrierte sich

auf ihren Herzschlag, um zumindest etwas ruhiger zu werden. Sie musste durchhalten! Und herausfinden, was der Entführer von ihr wollte, um Alba zu retten. Doch sie verstand die Nachricht einfach nicht. Wie sollte sie etwas beichten, von dem sie gar nichts wusste? Ihr winziger Hoffnungsschimmer war Hannah. Mittlerweile müsste sie in Santiago angekommen sein. Ihr Verschwinden würde nicht unbemerkt bleiben. Hannah würde bestimmt nach ihnen suchen. Bald.

10.

Diego gähnte und wartete auf seine Kollegen. Er hatte die gesamte Truppe zu einem morgendlichen Briefing zusammengetrommelt, um die neusten Erkenntnisse im Fall Pilgerschatten zu besprechen. Der Rucksack, den Yago ihnen aufs Revier gebracht hatte, hatte einige neue Informationen geliefert – auch weil er und Fernanda fast die ganze Nacht durchgearbeitet hatten. Und dementsprechend fühlte Diego sich.

Fernanda war die letzte, die das volle Besprechungsbüro betrat. Auch ihr war die Nachtschicht anzusehen. Ihr sonst rosiger Teint wirkte fahl und ihre Augenringe konnte man durch ihr Make-up erahnen. Ihrer guten Laune konnte aber nicht einmal das etwas anhaben. Lächelnd hob sie ihre Hand. Diego nickte ihr zur Begrüßung zu und wandte sich dann an sein Team.

»Guten Morgen zusammen. Wie ihr wisst, gab es einige neue Entwicklungen im Fall *Pilgerschat-*

ten. Ein Kollege von der Streifenpolizei hat eine Durchsuchung in einer aufgebrochenen, leerstehenden Wohnung vorgenommen und dabei einen herrenlosen Rucksack gefunden. Claude hat noch gestern Abend die auf dem Rucksack gefundenen Fingerabdrücke mit denen des Opfers verglichen. Die gute Nachricht ist: Wir haben einen Treffer!« Er machte eine kurze Pause, damit die Kollegen das Gesagte aufnehmen konnten. »Genaueres dazu wird euch jetzt Fernanda erläutern.«

Diego, der die ganze Zeit an einen Tisch gelehnt hatte, setzte sich zu Claude und Fernanda übernahm seinen Platz.

»Hallo zusammen. Unser Opfer heißt Marvin Bernauer, ist Deutscher, wohnhaft in Wolfsburg und 42 Jahre alt. Hier könnt ihr sein Ausweisfoto sehen.«

Fernanda startete den Beamer und das Bild des Ausweises erschien auf der weißen Leinwand, die sich an der hinteren Wand des Besprechungsraums befand. Bernauer war ein leicht korpulenter Mann mit vollem, dunkelbraunen Haar gewesen. Trotz des biometrischen Passfotos, auf dem man nicht lächeln durfte, wirkte er sympathisch.

»Neben dem Ausweis, der in einem Geldbeutel mit weiteren Papieren steckte, haben wir im Rucksack noch Funktionsbekleidung gefunden. Sonst gab es in der Wohnung nichts, was uns im Moment weiterhelfen könnte. In unserem System liegt nach wie vor keine Vermisstenmeldung für ihn vor, weshalb ich mich an die deutschen Kollegen gewandt habe. Ihnen war allerdings auch nichts bekannt. Sie waren aber so nett und haben die Telefonnummer von Bernauers Wohnsitz recherchiert und auch den Anruf übernommen. Sie konnten den Lebensgefährten erreichen -«

Alle Augen richteten sich auf César, der lautstark mit seinem Nebensitzer sprach. Als dieser die Blicke der anderen bemerkte, wurde er still. Diego erinnerte sich daran, dass er nach der Besprechung unbedingt ein ernstes Wörtchen mit César wechseln musste.

Fernanda fuhr fort: »Der Lebensgefährte von Herrn Bernauer gab die Auskunft, dass sein Partner sich aktuell auf dem Pilgerweg in Richtung Santiago befinden würde. Er habe seit zwei Tagen keinen Kontakt zu ihm gehabt, was allerdings nichts Ungewöhnliches sei, da Herr Bernauer den Urlaub unter anderem für *Digital Detox* nutzen wolle.«

»Können wir denn zu 100 Prozent sicher sein, dass es sich bei dem Toten um diesen Bernauer handelt? Ich meine, seine Fingerabdrücke könnten ja auch irgendwie anders auf den Rucksack gekommen sein?«, mischte sich César ein.

Diego durschaute seinen Kollegen, der versuchte, durch seine Frage den schlechten Eindruck von eben wieder wettzumachen.

»Das wäre schon ein ungewöhnlicher Zufall. Es passen ja nicht nur die Fingerabdrücke, sondern auch Statur und Alter. Ich kann mir keinen Grund vorstellen, warum der Ausweis im Rucksack jemand anderem gehören sollte. Aber natürlich wird Claude noch einen DNA-Abgleich machen. Die Kollegen in Deutschland haben einige persönliche Gegenstände von Herrn Bernauer abgeholt und lassen uns die Ergebnisse ihrer Analyse zukommen.«

Diego konnte der Antwort von Fernanda nur zustimmen. Der Tote *war* Marvin Bernauer, daran bestand kein Zweifel.

Fernanda klickte weiter. »Was die Wohnung betrifft, in der der Rucksack gefunden wurde -« Fernanda sah verärgert in Richtung César, der schon wieder am Tuscheln war. Dieses Mal ließ Diegos Kollegin ihm das aber nicht mehr durchgehen, sondern sprach ihn direkt an: »César, wenn du kein Interesse am Vorankommen der Ermittlungen hast, bist du hier fehl am Platz.«

Diego war erstaunt über den Blick seiner Kollegin, denn, dass sie verärgert war, kam äußerst selten vor. Er konnte sie allerdings gut verstehen.

Fernanda fuhr bestimmt mit ihrem Vortrag fort. »Die Wohnung gehört einem 55-jährigen Mann. Interessant ist seine Verbindung zur Kirche. Bis vor Kurzem hat er den Knabenchor der Kathedrale geleitet. Neben diesem bezahlten Job engagiert er sich in der Kirchengemeinde auch noch mit weiteren ehrenamtlichen Tätigkeiten.«

»Bis vor Kurzem?« César saß nun kerzengerade auf seinem Stuhl, den Blick starr auf die Präsentation gerichtet. »Das heißt, er hat den Job nicht mehr? Wie soll das denn mit unserem Fall zusammenhängen?« Seine Beine wippten ungeduldig, was eine Marotte von ihm war.

Eines musste man ihm lassen, dachte Diego: Er stellte die richtigen Fragen. »Genau das müssen wir herausfinden«, sagte er und erhob sich. »Vielen Dank, Fernanda. Bevor wir uns für die weiteren Ermittlungen aufteilen, möchte ich euch kurz noch ein paar weitere Informationen geben. Wie ihr bereits wisst, ist unser Opfer nicht an den äußeren Verletzungen gestorben, sondern wurde vergiftet. Da es sich um ein natürlich vorkommendes Gift handelt, können wir nicht direkt weitere Rückschlüsse auf den Täter ziehen. Trotzdem ist es ein erster Ansatzpunkt. Zum Fundort der Leiche«, Diego blendete ein Bild mit dem Pilgerschatten ein, »haben wir bis jetzt keine neuen Erkenntnisse gewinnen können. Wie Bernauer dorthin transportiert wurde, ist uns noch ein Rätsel.«

Ein junger Kollege hob zögernd die Hand. Als Diego ihn anhielt, zu sprechen, fragte er: »Und was hat es zu bedeuten, dass der Tote genau an der Ecke abgelegt worden ist, wo nachts das Licht auf eine Säule so fällt, dass mit etwas Fantasie der Schatten eines Pilgers zu erkennen ist? Könnte die Tat religiös motiviert sein?«

»Eine gute Frage. Wir müssen in diese Richtung ermitteln. Die Kreuzkette könnte ein weiteres Puzzlestück dazu sein.«

Seine Überlegungen zum Thema *Overtourism* wollte Diego an dieser Stelle noch nicht erwähnen. Der Verdacht war noch zu vage und basierte vor allem auf seinem Bauchgefühl. Ganz im Gegensatz zu den Überlegungen, die in Richtung eines religiösen Tatmotives gingen. Hier hatten sie handfeste Beweise.

»Apropos Kette, auch dazu habe ich Neuigkeiten für euch. Ich habe mit dem Journalisten gesprochen, der den Artikel mit dem Bild der Kreuzkette in der Zeitung veröffentlicht hat. Er weigert sich, seine Quelle zu verraten, hat aber angedeutet, dass es sich um einen Polizeibeamten handelt.«

»Aber die Quelle könnte doch der Täter selbst sein?«, warf ein älterer Kollege ein. »Das ist doch Täterwissen. Oder der Journalist selbst *ist* der Täter.«

»Ich glaube dem Journalisten. Er hat alles plausibel erklärt und besitzt für den Tatzeitpunkt ein wasserdichtes Alibi. Es weist also alles darauf hin, dass wir ein Leck in den eigenen Reihen haben.«

Ein Raunen ging durch den Raum. Diego blickte seine Kollegen an. Täuschte er sich oder war César blass geworden und wippte noch unruhiger als sonst mit seinen Beinen? Diego war nicht überrascht gewesen, dass es sich beim Journalisten um den Mann handelte, der an der Kathedrale die Absperrung ignoriert hatte. War César mit ihm in Kontakt geblieben und hatte ihm die Infos durchgesteckt?

»Ich muss euch wohl kaum die Konsequenzen erklären, die so ein Handeln mit sich bringt. Es gefährdet nicht nur unsere Ermittlungen, sondern auch unsere Glaubwürdigkeit.« Mehr wollte Diego vor der Gruppe erst einmal nicht dazu sagen. Stattdessen erklärte er, dass das Phantombild noch zu keinem Treffer geführt hatte. »Ich habe beschlossen, dass wir das Bild morgen in der Tageszeitung *La Voz de Galicia* veröffentlichen und hoffe, dass wir dadurch Hinweise auf den Mann erhalten, der mehrere Holzkreuze gekauft hat. Ob es sich dabei um den Täter handelt, ist unklar, weshalb wir ihn nur als Zeugen suchen. Soviel zum aktuellen Stand. Nun zur Einsatzplanung.«

11.

Hannah war froh, als José eintraf. Keine Sekunde länger hätte sie es mit Verenas und Albas Nachbarin alleine ausgehalten. Auch wenn es die alte Dame sicherlich nur gut mit ihr meinte, die spanische Redseligkeit gepaart mit einer überschwänglichen Gastfreundschaft hatten Hannah nun doch erschöpft. Die Kekse, die Paola zum Kaffee auf den Tisch gestellt hatte, waren nett gemeint, aber Hannah brachte nichts hinunter. Sie wollte endlich mehr über das Verschwinden ihrer Freundin und deren Partnerin herausfinden und nicht ihre Zeit mit Kaffeeklatsch verschwenden.

Als Hannah sich ihrer Gedanken bewusst wurde, schämte sie sich für ihre Unfreundlichkeit. Sie lächelte Paola an und stellte ihr eine Frage, die José übersetzte: »Wann haben Sie Verena und Alba denn das letzte Mal gesehen?«

Paola musste nicht lange überlegen und José dolmetschte: »Das muss vor drei Tagen gewesen sein, also am Dienstag. Ich weiß das so genau, weil dienstags immer meine Tochter kommt, um mir mit den Einkäufen zu helfen. Sie ist ungefähr im gleichen Alter wie die beiden und sie verstehen sich gut. Letztens waren sie sogar zusammen aus.«

»Hm, das deckt sich mit den Nachrichten von Verena«, murmelte Hannah, mehr zu sich selbst als zu Paola. Dann sah sie wieder Paola an. »Ist Ihnen beim letzten Zusammentreffen irgendetwas Ungewöhnliches an den beiden aufgefallen? Wirkten sie traurig, verunsichert oder ängstlich?«

Sie schüttelte den Kopf. »Nein, ganz und gar nicht. Höchstens ein bisschen gestresst waren sie, was aber auch nicht verwunderlich ist. Sie sind mitten in der Hochzeitsplanung und müssen zusätzlich viel arbeiten. Und dann ist da noch die Sache mit Albas Mutter.«

»Die Sache mit Albas Mutter?« Hannah runzelte die Stirn. Normalerweise erzählten Verena und sie sich alles, was ihnen gerade auf dem Herzen lag.

»Wissen Sie das nicht?«, gestikulierte Paola sehr ausufernd. »Albas Mutter war von Anfang an nicht nur gegen die Hochzeit, sondern auch gegen die Beziehung. Sie kann es nicht nachvollziehen, dass ihre einzige Tochter eine Frau liebt und sie deshalb wahrscheinlich keine Enkelkinder haben wird.«

Hannah war wie vor den Kopf gestoßen. Davon hörte sie zum ersten Mal. Natürlich war ihr bewusst gewesen, dass es ein lesbisches Paar in Spanien deutlich schwerer hatte als in Deutschland – nicht umsonst war Spanien für seine patriarchalische Kultur bekannt. Aber ihre Freundin hatte sich nie darüber beschwert. Andererseits wusste Hannah, dass Verena nicht gerne über dieses Thema sprach. Ihre Freundin wollte homophoben Menschen keine Plattform bieten.

»Aber die Angst, keine Enkelkinder zu bekommen, ist doch unberechtigt«, erwiderte Hannah und blickte in das rundliche Gesicht der Nachbarin. »Alba und Verena sind bereits in einem Adoptionsprozess und es sieht so aus, als würden sie bis Ende des Jahres die Genehmigung bekommen.«

Schon während José Hannahs Worte ins Spanische übertrug, winkte Paola ab: »*Querida*, ich habe auch schon versucht, Albas Mutter das klarzumachen. Sie ist genauso alt wie ich, aber einen so konservativen Sturkopf habe ich in meinem ganzen Leben noch nicht getroffen. Sie meinte, ein adoptiertes Kind sei kein Ersatz für ein *echtes Enkelchen* und dass es für das Kind sowieso das Allerschlimmste wäre, bei zwei Frauen aufzuwachsen. Und, dass das Kind dann sicherlich auch homosexuell würde.«

Paola schüttelte den Kopf und Hannah überkam das Bedürfnis, die ältere Dame in den Arm zu nehmen, so sehr freute sie es, dass sie nicht die gleiche Meinung vertrat wie Albas Mutter.

Alle weiteren Fragen nach eigentümlichen Geschehnissen oder lauten Geräuschen aus der Nachbarwohnung wurden von Paola verneint, was auch mit ihrer Schwerhörigkeit zusammenhängen konnte. Wie jede Nacht hatte sie auch in der Nacht von Dienstag auf Mittwoch ihre Hörgeräte zum

Schlafen herausgenommen und deshalb nichts mitbekommen.

Hannah fragte noch nach der Adresse von Carmen, der Mutter von Alba. Sie hatte Glück, Carmen wohnte auch in Santiago de Compostela, mitten in der Altstadt. Doch bevor sie Carmen einen Besuch abstatten konnte, musste sie erst ihr Gepäck loswerden, das im Flur von Paolas Wohnung stand. Unschlüssig schaute sie ihren Rucksack an.

José schien ihren Blick richtig zu deuten, denn er schlug vor: »Komm, wir gehen erst einmal zu mir in die Wohnung, da kannst du dich frisch machen und deine Sachen abstellen. Und sie liegt sowieso auf dem Weg zu Carmen.«

Hannah lächelte und nahm das Angebot dankbar an. »Ich muss noch bei der Polizei anrufen.« Sie war sich sicher, dass hier etwas nicht stimmte. Warum sollten Verena und Alba die Tür offen stehen lassen, wenn sie gar nicht zu Hause waren? Und warum waren Verena und Alba nicht erreichbar, obwohl sie Hannahs Besuch erwarteten?

12.

Diego atmete tief durch. Nach der Besprechung war der restliche Vormittag anstrengend verlaufen und er hatte leichte Kopfschmerzen. Er musste seine Gedanken ordnen und hatte deshalb beschlossen, seine Mittagspause nicht in einem lauten Restaurant oder im immer vollen Kommissariat zu verbringen, sondern zu Hause. Inés war bei der Arbeit und seine Kinder noch in der Schule und im Kindergarten, sodass er die Wohnung für sich alleine hatte.

Diego ließ sich auf den Schreibtischstuhl in seinem kleinen Arbeitszimmer fallen und holte aus seiner Tasche den Notizblock hervor, der all die fallrelevanten Details enthielt, die sich Diego niemals alle auf einmal hätte merken können. Seine Kollegen hatten ihm schon oft nahegelegt, auf eine modernere, digitale Art des Notizenmachens umzusteigen – schließlich bestand immer die Gefahr, den Schreibblock zu verlieren. Doch Diego mochte das Gefühl, auf echtem Papier zu schreiben, Anmerkungen hinzuzufügen oder Dinge mit Schwung durchzustreichen. Er blätterte gedankenverloren zu den Aufzeichnungen, die er heute kurz nach der Befragung des ehemaligen Kirchenchorleiters gemacht hatte:

Befragung von Álvarez Gutiérrez, Freitag, 16.08.

Alter des Befragten: 55
Beruf des Befragten: Zurzeit arbeitssuchend, davor Leiter des Knabenchores der Kathedrale
Weitere anwesende Polizisten: César
Ort der Befragung: Wohnung des Befragten, Rúa das Trompas 2A
Grund der Befragung: Befragter ist Besitzer der Wohnung, in der der Rucksack des Opfers gefunden wurde.

Er blickte auf das unlinierte Papier seines Notizblockes und las weiter. Dabei markierte er die wichtigsten Punkte mit einem gelben Textmarker.

Inhalt der Befragung:
Álvarez G. bestätigte, dass er der rechtmäßige Besitzer der Wohnung war, sie jedoch seit einigen Wochen nicht mehr betreten hatte. Die Wohnung stand leer, weil wichtige Reparaturen an der Heizung und an den Wasserleitungen durchgeführt werden mussten. Zudem war an mehreren Stellen Schimmel entdeckt worden, weshalb auch die vorherigen Mieter vor ca. 8 Monaten ausgezogen waren. Auf die Nachfrage, warum die Renovierung so langsam voranging, und auf die Verluste aufgrund der fehlenden Mietein-

nahmen angesprochen, reagierte er gereizt. Er hatte wichtigere Dinge zu tun gehabt und auch sonst schon genug Probleme. Auf die Frage, ob der Verlust seines Jobs eines seiner Probleme war, antwortete er noch gereizter. Er hatte seinen Job nicht verloren, man hatte ihn hinausgeworfen, weil die neue Personalleitung fand, dass er zu konservativ war und die jungen Katholiken negativ beeinflusste. Dies sah er anders. Seiner Meinung nach vertrat er Dinge, die in der Bibel standen, und die deshalb an die jüngere Generation weitergegeben werden mussten. Auf Nachfrage, was genau er meinte, antwortete er, es ginge um Dinge wie keinen Sex vor der Ehe, den Wert der Ehe zwischen Mann und Frau oder die Therapiebedürftigkeit von Homosexualität. Er sagte weiter aus, dass er verpflichtet war, diese Themen im Rahmen einer christlich-katholischen Erziehung weiterzugeben. Dies war gottgewollt. Er war sich also keiner Verfehlung bewusst und empfand den Rauswurf als unangemessen, weshalb er sich mittlerweile einen Anwalt genommen hatte, um dagegen zu klagen. Die weitere Befragung ergab keine weiteren relevanten Hinweise. Álvarez G. verneinte mehrmals, dass er in letzter Zeit in der Wohnung gewesen war. Vom Einbruch hatte er erst durch die Polizei erfahren – seine Nachbarn hatten ihn nicht informiert. Allerdings war er mit diesen zerstritten.

Diego klappte das Notizbuch zu. Die Befragung von Álvarez Gutiérrez war mühsam gewesen und nur schleppend verlaufen. Selten zuvor hatte er es mit einem so uneinsichtigen Zeugen zu tun gehabt. Mit seinem Verhalten hatte es der Mann geschafft, in wenigen Minuten zu einem Verdächtigen zu avancieren. Aktuell hatten sie nichts gegen ihn in der Hand, doch Diegos Ermittlerinstinkt sagte ihm, dass sie diese Spur weiterverfolgen mussten. Er machte sich eine Notiz, dass sie als Nächstes den Vorgesetzten von Gutiérrez befragen sollten.

Er klappte den Block zu und dachte über den weiteren Verlauf des Vormittags nach. Auf das unangenehme Gespräch mit Gutiérrez war dann noch ein weiteres mit César gefolgt. Diego hatte ihm klargemacht, dass er sein Verhalten im letzten Meeting nicht tolerierte und dass es bei Wiederholung Konsequenzen haben würde. Das galt auch für sein Zuspätkommen und seine Nichterreichbarkeit während der Dienstzeiten. César wollte sich daraufhin erklären, doch Diego hatte abgewunken. Er wollte keine Ausreden hören, sondern Ergebnisse in der Zukunft sehen. Auf das Leck und den Bericht des Journalisten hatte er César allerdings nicht angesprochen. Auch wenn er ihn im Verdacht hatte – eine falsche Anschuldigung würde ihr Verhältnis nur noch mehr belasten und sich sicherlich nicht gerade positiv auf Césars Arbeitsmoral auswirken. Zudem wäre es ohne konkrete Beweise unfair und unprofessionell, ihn zu beschuldigen. Er wollte César noch einmal die Möglichkeit geben, zu beweisen, dass er ein guter Polizist war. Deshalb hatte er ihn zur Wohnung von Fernando Díaz geschickt, um mit dem Initiator der *Overtourism*-Proteste von Santiago zu sprechen.

Es klingelte an seiner Haustür. Diego wunderte sich. Wer um alles in der Welt klingelte um diese Uhrzeit? Normalerweise waren weder seine Frau noch er mittags zu Hause. Er lief zur Gegensprechanlage und drückte auf den rechten der beiden Knöpfe.

»*Hola*, wer ist da?«

»Diego, ich bin's.«

Diego erkannte Fernandas Stimme. Sie klang außer Atem.

»Komm schnell runter, wir haben eine neue Leiche!«

Diego schlüpfte sofort in seine Schuhe, zog die Haustür hinter sich zu und rannte die Treppen hinunter. Draußen wartete Fernanda auf ihn.

»Mein Auto steht um die Ecke, den Rest erzähle ich dir auf der Fahrt.«

Fernanda startete den Motor und begann, aufgeregt auf Diego einzureden. »Ich war in der Mittagspause im Büro und bin deshalb ans Telefon gegangen. Die Kollegen aus Arzúa haben angerufen. Vor ihrer Kirche liegt eine männliche Leiche. Die Spurensicherung ist schon informiert und Claude ist auch auf dem Weg.«

»Denkst du, was ich denke?«, fragte Diego und schaute seine Kollegin an, die ihren Blick konzentriert auf die Straße gerichtet hatte.

»Ja, ich befürchte auch, dass es einen Zusammenhang mit unserer Leiche vom Pilgerschatten geben könnte. In so kurzer Zeit eine weitere Leiche, die vor einer Kirche gefunden wird? Und dann auch noch am Pilgerweg? Das kann kein Zufall sein!«

Fernanda gab Gas, sodass sie die Strecke in unter einer halben Stunde zurücklegten.

Die *Igrexa de Santiago de Arzúa* war eine eher kleine, von außen recht unscheinbare, Kirche aus Stein mit weißem Verputz. Im Gegensatz zu ihr war der Marktplatz, auf der sie stand, sehr schön angelegt: Grüne Bäume spendeten angenehmen Schatten zur Mittagszeit und Bänke luden zum Verweilen ein. Diego ging zusammen mit Fernanda auf die Kollegen zu, die bereits an der Kirche auf sie warteten. Nachdem sie ein paar Worte der Begrüßung miteinander gewechselt hatten, kamen die Beamten direkt zur Sache. Der etwas ältere, leicht untersetzte Polizist erklärte, was er und seine Kollegen bisher herausgefunden hatten.

»Wir haben, nachdem wir den Tatort gesichert und die Zeugin befragt hatten, direkt bei den umliegenden Häusern geklingelt. Die meisten Bewohner konnten wir nicht antreffen, da sie bereits bei der Arbeit waren. Aber dafür haben wir bei der kleinen Goldschmiede Glück gehabt.« Der Uniformierte deutete auf einen kleinen Laden, der sich schräg gegenüber befand. »Der Besitzer selbst hatte zwar nichts mitbekommen, allerdings besitzt das Geschäft eine Überwachungskamera, die einen Teil der Straße zur Kirche erfasst. Wir haben uns das Band bereits angeschaut. In den frühen Morgenstunden ist ein silberner Kombi mit erhöhter Geschwindigkeit zur Kirche gefahren und kam nur 5 Minuten später wieder zurück. Das könnte der Täter gewesen sein.«

Diego nickte zufrieden. Das war eine erste Spur. Er bat die Beamten, ihnen die vollständige Aufnahme zu übergeben. Später würden sie sie selbst erneut ansehen. Vielleicht war das Kennzeichen lesbar. Er dankte den Kollegen und beauftragte Fernanda damit, die Zeugin, die die Leiche gemeldet hatte, noch einmal zu befragen. Dann trat Diego hinter die Absperrung. Claude war noch nicht angekommen. Deshalb wollte sich Diego zunächst selbst ein Bild von der Leiche machen. Er zog sich Einweghandschuhe über und kniete sich vor den am Boden liegenden Körper. Die Leiche war von Wunden übersät. Der Oberkörper war nackt. Das einzige Kleidungsstück, welches die Leiche am Körper trug, war eine zerfetzte Boxershorts. Sie war barfuß. Diego konnte den Hass und die Wut des Täters geradezu spüren. Das Gesicht war nicht mehr zu erkennen. Nur das volle, dunkelbraune Haar, das die Stirn bedeckte, war noch sichtbar. Eine Kreuzkette lag auf der Brust des schlanken, durchtrainierten Mannes.

Diego hörte, wie sich Schritte näherten. Er drehte sich um. Fernanda lief auf ihn zu und hatte Claude im Schlepptau, die wie immer ihren riesigen Metallkoffer schleppte. Claude schaute ihn mit zusammengekniffenen Augen an, dann stellte sie sich neben ihn.

»Und, was hast du herausgefunden?«, wandte

sich Diego, nachdem er Claude begrüßt hatte, an Fernanda.

»Die ältere Dame hat die Kollegen vor Ort um 10 Uhr alarmiert. Sie hat mir erzählt, dass sie jeden Tag um diese Uhrzeit zur Kirche kommt, da hier dann nicht viel los ist.« Sie deutete auf den leeren Marktplatz.

Diego nickte. »Das passt zur Aussage unserer Kollegen, dass selten Leute um diese Zeit auf dem Marktplatz sind. Die meisten Einheimischen arbeiten und die Pilger-Touristen kommen meist erst am Nachmittag vorbei. Einen silbernen Wagen hat sie nicht wegfahren sehen?«

»Nein, leider nicht.«

»Wäre auch zu schön gewesen. Wir brauchen ihre Aussage trotzdem noch schriftlich.«

»Wer hat die Leiche schon angefasst?« Claude unterbrach ungeduldig das Zweiergespräch. Sie hatte mittlerweile ihren Koffer geöffnet und eine Pinzette in der Hand.

»Der Polizist, der als erstes am Tatort war und ich«, gab Diego zurück. »Natürlich nur mit Handschuhen. Und wir haben alles genauso liegen gelassen, wie es war. Persönliche Gegenstände, die Hinweise auf die Identität des Mannes geben könnten, konnten wir keine finden. In Kombination mit dem zerfleischten Gesicht wird uns das die Identifizierung wieder nicht leicht machen.«

Claude antwortete nicht, sondern beugte sich konzentriert über die Leiche und hob deren linken Arm an. »Die Leichenstarre hat sich bereits gelöst, der Mann ist also zwischen 24 und 48 Stunden tot. Der Tote scheint schon etwas länger in der Sonne gelegen zu haben. Er ist jünger als das erste Opfer, aber das seht ihr ja selbst.« Sie deutete auf den muskulösen Körper, beziehungsweise auf das, was man davon noch erahnen konnte. »Anfang bis Mitte 30 würde ich sagen. Die Kreuzkette sieht auf den ersten Blick identisch aus.« Mit der Pinzette nahm sie einen Stofffetzen von der Leiche und hielt ihn ins Licht. »Sieht mir nach Funktionsunterwäsche aus.«

Claude holte weitere Utensilien aus ihrem Koffer. Diego wusste aus Erfahrung, dass sie jetzt erst einmal eine Weile beschäftigt war, bis sie eventuell neue Informationen hatte. Er deutete Fernanda an, den Fundort zu verlassen und rief Claude »*Hasta luego*« zu. Sie liefen gemeinsam zum Wagen. Fernanda wirkte nachdenklich.

»Was denkst du?«, fragte Diego sie deshalb.

»Alles deutet auf einen Serientäter hin. Die Kreuzkette, der Ablageort und die Verletzungen. Alles passt zusammen. Und das macht mir Angst. Zwischen den Taten ist kaum Zeit vergangen. Und es scheint eine Menge Hass im Spiel zu sein.«

»Du hast recht. Und wieder ist es ein männliches Opfer. Und bei der trainierten Statur und der Funktionsunterhose fresse ich einen Besen, wenn es sich nicht wieder um einen Pilger handelt. Stellt sich nur die Frage, warum das Opfer dieses Mal nur eine Unterhose anhatte.«

»Die Kollegen haben mir übrigens noch erzählt,

dass sie eine aktuelle Vermisstenmeldung eines Pilgers vorliegen haben. Vielleicht -«

»Und damit rückst du erst jetzt raus? Die sollen uns alles, was sie haben, so schnell wie möglich zukommen lassen. Je eher wir die Identität des Toten kennen, desto eher können wir eine Verbindung zwischen den Opfern herstellen. Und die führt uns hoffentlich zum Täter.«

13.

Mittlerweile waren viele Stunden vergangen. Vor Kälte zitterte sie unkontrolliert. Die dünne Decke, die auf dem Bett lag, war mittlerweile genauso klamm wie ihre Kleidung und wärmte kaum. Vor einiger Zeit hatte ihr der Entführer – oder war es doch eine Entführerin? – eine Flasche Wasser sowie etwas Brot durch die Deckenluke heruntergelassen. Beides war aufgebraucht und Verenas Lippen wurden immer trockener. Sie versuchte, ihren Körper zu beruhigen und das Zittern zu unterdrücken. Zudem schmerzten ihre Hände. Sie hatte Holzsplitter in ihren Fingerkuppen, weil sie versucht hatte, den Schrank auf das Bett zu wuchten, das sie in die Mitte des Raumes geschoben hatte. Natürlich war ihr klar gewesen, dass die Luke eigentlich zu weit weg war, doch sie hatte es einfach versuchen müssen. Sie wollte nichts unversucht lassen, um ihrem Gefängnis zu entkommen.

Sie hörte ein Quietschen. Das Geräusch erschreckte sie. Ein kalter Schauer lief ihr über den Rücken. Erneut wurde die Klappe in der Decke geöffnet. Würde der Entführer nun direkt mit ihr in Kontakt treten? Ein bisschen hoffte sie, dass das passieren würde. Dann könnte sie ihm vielleicht ins Gewissen reden und ihn davon überzeugen, sie freizulassen. Andererseits fürchtete sie sich aber auch vor körperlichen Schmerzen, die er ihr zufügen könnte.

Doch kein menschlicher Laut drang ihr entgegen. Stattdessen konnte sie sehen, wie etwas an einem Seil heruntergelassen wurde. Sie nahm all ihren Mut zusammen und rief so laut sie konnte nach ihrem Entführer und bettelte darum, dass er sie frei ließ. Doch er antwortete ihr nicht. Es kam nur wenig Licht durch die Luke, weshalb Verena erst spät merkte, dass es sich beim Gegenstand, der am Seil hing, um einen Korb handelte. Ohne lange zu überlegen griff sie nach ihm, machte das Seil los und zog ihn zu sich hin. Das Seil wurde daraufhin nach oben gezogen, dann schloss sich die Klappe wieder.

Verena atmete tief durch und fasste in den Korb. Sie konnte mehrere Gegenstände fühlen. Der eine schien eine Taschenlampe zu sein. Schnell drückte Verena auf den Knopf. Die Taschenlampe ging an und ließ den Raum in grellem Licht erstrahlen. Sie blickte sich um. Der Raum sah noch trostloser aus, als sie angenommen hatte. Die Steinmauern waren dick und ragten unbarmherzig in die Höhe. Da war kein Ausgang. Der einzige Weg heraus war die Luke in der Decke. Ihr Atem ging schneller. Vielleicht war es naiv gewesen, aber sie hatte gehofft, etwas übersehen zu haben. Jetzt hatte sie Klarheit darüber, dass sie sich alleine niemals retten konnte.

Um sich wieder etwas zu beruhigen, richtete sie den Lichtstrahl auf die restlichen Dinge in dem braunen Weidenkorb. Neben der Wasserflasche, die sie aufschraubte und gierig daraus trank, fand sie eine Bibel. Wenn sie es mit einem religiösen Spinner zu tun hatte, war sie verloren. Verena war schon früh aus der Kirche ausgetreten. Das hatte allerdings weniger mit dem Glauben zu tun, sondern damit, dass ihre sexuelle Orientierung von der katholischen Kirche immer noch nicht akzeptiert wurde. Solange es schwulen und lesbischen Paaren nicht möglich war, in der Kirche getraut zu werden, wollte sie kein Teil davon sein. Deshalb hatte sie auch direkt mit 18 die Kirche verlassen. Sie leuchtete auf das Buch und blätterte es durch, in der Hoffnung, Hinweise zu finden. Doch es sah unbenutzt aus und enthielt weder Markierungen noch Anmerkungen. Entmutigt ließ sie es fallen und wandte sich dem letzten Gegenstand zu. Ein kleines Kästchen, wie man es von teuren Schmuckgeschenken kannte. Eine Aufschrift konnte sie allerdings nicht finden. Beim Öffnen hielt sie unbewusst die Luft an.

»Nein!«, entfuhr es ihr.

Es enthielt einen der grünen Ohrringe, die sie Alba zu ihrer Verlobung geschenkt hatte. Bislang hatte sie sich einen Funken Hoffnung bewahrt, dass der Entführer nur bluffte. Die Gewissheit trieb Verena Tränen in die Augen. Ihr Atem ging schwer. Sie wollte die Schatulle schon schließen, als ihr auffiel, dass unter dem Ohrring ein kleiner, zusammengefalteter Zettel lag. Darauf stand:

Römer 1,26-27

Verena bückte sich nach der Bibel und suchte nach der Bibelstelle. Ihre vor Aufregung schweißnassen Finger fanden nicht sofort die richtige Seite. Als sie die Stelle endlich aufgeschlagen hatte, las sie mit pochendem Herzen:

26 Darum lieferte Gott sie entehrenden Leidenschaften aus: Ihre Frauen vertauschten den natürlichen Verkehr mit dem widernatürlichen; 27 ebenso gaben auch die Männer den natürlichen Verkehr mit der Frau auf und entbrannten in Begierde zueinander; Männer treiben mit Männern Unzucht und erhalten den ihnen gebührenden Lohn für ihre Verirrung.

Die Beklemmung in Verena wuchs weiter, als sie an die erste Botschaft zurückdachte:

Gestehe deine Sünden und besinne dich deiner Aufgabe, sonst wird Alba sterben.

Sie verstand jetzt, was mit den Sünden gemeint war, doch was um alles in der Welt sollte ihre Aufgabe sein?

14.

Nachdem Hannah und José am vorherigen Tag Albas Mutter nicht in ihrer Wohnung antreffen konnten und deshalb den Abend bei José zu Hause verbracht hatten, um sich etwas auszuruhen, versuchten sie am nächsten Morgen erneut ihr Glück.

Auf dem Weg dorthin dachte Hannah an das frustrierende Telefonat mit der Polizei von Santiago de Compostela. Sie hatte mit einem Kommissar gesprochen, der gutes Englisch sprach, ihr Anliegen allerdings nicht ernst nehmen wollte. Er hatte ihr erklärt, dass eine nicht abgeschlossene Wohnungstür und eine umgefallene Flasche noch lange kein Grund für eine Ermittlung wären. Zwei erwachsene Frauen könnten sich aufhalten, wo sie wollten. Es gab seiner Meinung nach keinen Anhaltspunkt für ein Verbrechen. Auch als Hannah mit Nachdruck betonte, dass das Verhalten nicht zu ihrer Freundin und deren Partnerin passen würde, war der Polizist nicht überzeugt. Er meinte, bei der spanischen Polizei würde wegen so etwas keine Ermittlung eingeleitet – wenn das bei der deutschen Polizei anders wäre, täte ihm das leid, dann müsste Hannah ja viel zu tun haben. Hannah war frustriert und fühlte sich nicht ernst genommen. Zusätzlich wuchs mit jeder Stunde die Sorge um Verena und Alba.

Mittlerweile waren sie und José vor einem gepflegten Gebäude aus Stein angekommen. Bunte Blumen in den Blumenkästen der Balkone ließen es noch einladender wirken. Nachdem José ihr Anliegen geschildert hatte, bat Albas Mutter sie herein. Sie wirkte nicht sehr besorgt, als Hannah vom Verschwinden ihrer Tochter und deren Lebensgefährtin berichtete.

»Ach, die beiden haben sowieso nur Flausen im Kopf«, übersetze José.

Albas Mutter war Ende 60 und sehr auf ihr Äußeres bedacht. Ihre grauen Haare waren perfekt frisiert, ihr Make-up makellos und ihr dunkelgrüner Hosenanzug, den sie mit einer roten Bluse kombiniert hatte, wies keine einzige Falte auf. Sie saß Hannah gegenüber aufrecht auf dem Sofa und verzog beim Sprechen keine Miene.

»Wie meinen Sie das?« Hannah blickte sie fragend und mit zusammengekniffenen Augen an. »Dass die beiden nur Flausen im Kopf haben? Ich kenne sie als sehr verantwortungsbewusst.«

Carmen lächelte selbstgefällig: »Nun ja, die Mädchen machen, was sie wollen. Das ganze Trara um die Hochzeit. Als ob ihre jugendliche Liebe lange halten wird. Spätestens in ein paar Jahren werden sie merken, dass sie sich nur in etwas hineingesteigert haben. Und jetzt wollen sie auch noch ein Kind adoptieren! Das wird hoffentlich nicht klappen. Sie müssten nicht adoptieren, wenn sie sich nur jeweils einen ordentlichen Mann suchen würden – so wie von Gott vorgesehen.«

Hannah musste schwer schlucken, als José die Sätze übersetzte. Sie hatte gehofft, dass Paola bei ihren Erzählungen übertrieben hatte, doch das Gegenteil war der Fall. Hannah musste einen kleinen Schluck vom starken, schwarzen Kaffee nehmen, den Carmen ihnen in sehr teuer aussehenden Porzellantassen serviert hatte, bevor sie wieder sprechen konnte.

»Nun ja, auch wenn wir in diesem Punkt nicht einer Meinung sind, machen Sie sich denn wirklich keine Sorgen um die beiden? Vor drei Tagen habe ich noch mit Verena geschrieben. Sie wollte mich abholen. Seitdem habe ich nichts mehr von ihr gehört. Außerdem war die Wohnungstür nicht abgeschlossen und im Schlafzimmer lag eine Flasche auf dem Boden.«

»Ach«, sagte Carmen, »wahrscheinlich haben die beiden schlicht und einfach vergessen, Sie abzuholen. Und mich wundert es nicht, dass sie die Türe nicht zugeschlossen haben. Sie sind ja immer so in Eile.«

Hannah erhob sich. Das hier brachte sie nicht weiter. »Vielen Dank für den Kaffee. Falls Sie etwas von Ihrer Tochter hören sollten, geben Sie mir bitte umgehend Bescheid.«

Hannah legte ihre Visitenkarte mit ihrer Handynummer auf den Tisch. José übersetzte, dass Carmen gerne Hannahs deutsche Telefonnummer anrufen könnte. Er notierte noch seine spanische Handynummer darunter, dann verließen sie die Wohnung. Hannah war froh, als sie wieder an der frischen Luft war.

»Wir haben immer noch keine Spur von Verena und Alba. Es kann doch nicht sein, dass sie wie vom Erdboden verschluckt sind. Und auch Tim oder die Polizei haben sich noch nicht gemeldet. Leon ist also ebenfalls noch nicht aufgetaucht.«

José schien zu merken, dass Hannah keine Antwort von ihm erwartete. Sie liefen schweigend durch die Altstadt und holten sich bei Josés Lieblingsbäckerei eine *Empanada Gallega,* eine gefüllte Teigtasche mit Thunfischfüllung, zur Stärkung. Nachdem sie schweigend gegessen hatten, kehrte die Energie in Hannah zurück.

»Deine Frau hat doch gestern erzählt, dass du mit der Frau eines Kommissars befreundet bist?«

José verstand, worauf Hannah hinauswollte. »Ja, das stimmt, Inés ist eine Schulfreundin von mir. Ihr Mann ist Kriminalkommissar hier in Santiago. Lass mich kurz telefonieren, vielleicht bekommen wir es hin, dass du ihn noch heute treffen kannst.«

15.

Über den Mittag hatte es zu regnen begonnen. Das war zwar an sich nichts Besonderes für die regenreichste Stadt Spaniens, doch Diego hatte gehofft, dass sie zumindest noch im August vom Regen verschont bleiben würden.

»Was für ein Wetter.« Fernanda, die gerade mit einem bunten Regenschirm in der Hand das Büro betrat, stöhnte. Trotz Schirm waren ihre Jeans dunkel gefleckt vom Regen und ihre Schuhe hinterließen nasse Abdrücke auf dem hellbrauen Teppichboden.

Diego lächelte. Regen war eines der wenigen Dinge, die Fernandas guter Laune wirklich etwas anhaben konnte. Im Gegensatz zu Fernanda war er in Santiago de Compostela aufgewachsen und den Regen gewohnt. Und trotzdem konnte er ihren unglücklichen Gesichtsausdruck nachvollziehen. Der Nieselregen mitten im Sommer konnte schnell aufs Gemüt schlagen. Seine eigene Stimmung war auch nicht die beste. Aufgrund des neuen Leichenfunds hatte er den Kochabend mit Yago abgesagt. Dabei hatte er sich schon auf die leckeren Jakobsmuscheln gefreut.

Fernanda blickte ihn erwartungsvoll an. »Wissen wir schon, ob das Opfer der vermisste Pilger ist?«

»Nein, ich habe noch keine Resultate vom DNA-Abgleich vorliegen. Die Kollegen aus Arzúa haben die Gegenstände des Vermissten, unter anderem seine Zahnbürste, erst heute Morgen vorbeigebracht. Glaub mir, sie haben bereits eine Strafpredigt von mir bekommen.«

Fernanda verzog auf Diegos Antwort hin verärgert das Gesicht.

»Aber schau mal, das sollte deine Laune etwas bessern«, versuchte er seine Kollegin aufzuheitern und wedelte mit einer roten Mappe.

»Da hat sich Claude aber schnell um die Leiche gekümmert.« Sie nickte anerkennend und ließ sich auf ihren Schreibtischstuhl gegenüber von Diego fallen. »Und, was steht drin? Du hast doch sicherlich schon reingeschaut.« Sie schaute gespannt zu Diego hinüber.

Er hatte tatsächlich bereits den gesamten Bericht gelesen, den Claude innerhalb weniger Stunden fertiggestellt hatte. Er klappte die Mappe auf und blätterte langsam darin. »Das zweite Opfer war, wie wir uns schon gedacht haben, knapp über 30 Jahre alt, sehr fit und hatte auch keine Vorerkrankungen. Todesursache war dieses Mal allerdings nicht Coniin.«

»Sondern?«

Er sah, wie Fernanda aufgeregt auf ihrem Stuhl hin und her wippte.

»Die Schläge auf den Brustkorb haben die Lunge verletzt. Laut Claude kam es dann zu einem Spannungspneumothorax und das Opfer ist erstickt. Interessant ist, dass Claude keine Abwehrverletzungen gefunden hat. Das Opfer war kräftig und hätte sich bestimmt gut gegen einen Angreifer wehren können. Deshalb müssen wir davon ausgehen, dass der Mann vorher betäubt worden ist. Claude hat jedoch keine Substanzen im Blut entdeckt, weshalb sie von K.o.-Tropfen ausgeht.«

»Ergibt Sinn, die werden ja schnell abgebaut und sind dann nicht mehr nachweisbar. Es sieht so aus, als ob unser Täter seine Vorgehensweise geändert hat.«

»Entweder das oder wir haben es mit einem Trittbrettfahrer zu tun.«

»Trittbrettfahrer? Du meinst wegen des Zeitungsberichts?« Fernanda zog ihre Augenbrauen nach oben. »Guter Punkt, das müssen wir in unsere Überlegungen miteinbeziehen. Die Kreuzkette und die Schläge wurden im Bericht erwähnt – nicht aber das Coniin.« Fernanda schien weiter zu grübeln. »Was ist eigentlich mit der Kleidung und den Schuhen? Warum trug unser Opfer nichts außer einer Boxershorts?«

»Vielleicht hat der Täter das Opfer im Schlaf überrascht? Oder mit einem Vorwand aus dem Bett gelockt? Bis jetzt ist mir zumindest noch kein Grund eingefallen, weshalb der Täter sich die Mühe machen sollte, sein Opfer zu entkleiden.« Aufgrund der Bemerkung von Fernanda fiel Diego auch noch etwas anderes ein, was ihm die ganze Zeit schon durch den Kopf gegeistert war, er bisher aber nicht richtig greifen hatte können: »Wo wir schon von den Füßen sprechen, ich weiß, was mir schon am Fundort aufgefallen ist und auch in Claudes Obduktionsbericht steht: die Blasen an den Fußsohlen.«

»Das heißt, das zweite Opfer war wahrscheinlich schon länger gewandert als Marvin Bernauer, weil dieser keine hatte?«, schlussfolgerte Fernanda.

»Na ja, das kann aber auch bedeuten, dass das zweite Opfer neue Wanderschuhe hatte und sie noch nicht richtig eingelaufen waren. Die Blasen müssen also nicht unbedingt etwas zu bedeuten haben«, erwiderte Diego und dämpfte dadurch auch seine eigene Euphorie. Sie durften keine voreiligen Schlüsse ziehen.

»Hat Claude dieses Mal Fremd-DNA gefunden?« Fernanda lenkte Diegos Aufmerksamkeit wieder auf die vorliegenden Fakten zurück.

Er schüttelte den Kopf. Es war wieder keine Spur vom Täter an der Leiche zu finden gewesen. Diego hoffte, dass zumindest die Identität des Opfers sie einen Schritt voranbringen würde. »Dafür hilft uns vielleicht die Aufnahme von der Überwachungskamera weiter. Die Kollegen aus der Technik haben es geschafft, das Kennzeichen des silbernen Kombis zu vergrößern.« Er reichte Fernanda den Fotoabzug, den er bekommen hatte.

Sie blickte angestrengt darauf. »Die ersten Zahlen könnten eine 2 und eine 1 sein, beim Rest bin ich mir nicht sicher. Das ist zu unscharf. Besser geht das nicht?«

»Leider nein. Aber es hilft uns trotzdem weiter. Álvarez Gutiérrez fährt nämlich einen silbernen Kombi der gleichen Marke und, jetzt halte dich fest, er hat das Kennzeichen *2134 FLL*. Wir müssen dem Mann also nochmal einen Besuch abstatten!«

Diego stand vom Schreibtisch auf, streckte sich kurz und lief dann in Richtung Küche. Er brauchte dringend einen Kaffee und Fernanda konnte bestimmt auch einen vertragen. Gerade als er das Pulver in den Espressokocher gefüllt und das Gas angestellt hatte, klingelte sein Handy. Hastig zog er es aus seiner Hosentasche. Das war bestimmt nochmal Claude! Er sah auf das Display und wunderte sich. Die Handynummer kam ihm nicht bekannt vor.

»*Comisario* García.«

»*Hola*, hier ist José«, sagte der Anrufer.

Diego musste kurz nachdenken, bis er wusste, wer am anderen Ende der Leitung war. Er kannte mehrere Männer mit dem Namen José. Doch die markante Stimme konnte nur dem Schulfreund seiner Frau gehören.

»José, wie geht es dir? Was kann ich für dich tun?«

»Ich habe ein ungewöhnliches Anliegen. Ich möchte dich darum bitten, dass du dich mit einer deutschen Kollegin von dir triffst.«

Diego kratzte sich mit der freien Hand am Kopf. José sprach weiter und erklärte Diego den Grund seines Anrufs. Als Diego das Gespräch beendete, war der Kaffee längst fertig. Schnell schenkte er ihn in zwei Tassen ein, goss etwas Milch dazu und ging damit zurück zu Fernanda.

»Oh, Kaffee, danke dir!« Sie streckte erfreut ihre Hand nach dem Heißgetränk aus. Sie schien zu bemerken, dass ihn etwas beschäftigte.

»Alles in Ordnung mit dir?«

Diego seufzte. »José, ein Freund meiner Frau, hat mich angerufen. Er ist Wanderführer und eine Klientin von ihm vermisst ihre Freundin, die sie hier in Santiago besuchen wollte. Er hat mich darum gebeten, dass sie nachher im Präsidium vorbeikommen kann. Eigentlich haben wir gerade genug zu tun, aber du kennst mich, ich kann schlecht Nein sagen. Zudem handelt es sich bei der Frau um eine Polizistin aus Deutschland.

Fernanda nickte nachdenklich. »Hm, das ist vielleicht weit hergeholt, aber wir haben immerhin einen Mörder frei herumlaufen. Vielleicht gibt es einen Zusammenhang zwischen den Morden und dem Verschwinden der Frau?«

Diego schüttelte den Kopf. »Das glaube ich kaum, bis jetzt waren die Opfer männlich. Und zumindest von Bernauer wissen wir sicher, dass er ein Tourist war. Mein Bauchgefühl sagt mir, dass das auch beim zweiten Opfer der Fall sein wird. Aber ich höre mir trotzdem an, was Frau Leicht zu sagen hat – und sei es nur José zuliebe. Sie kommt in

2 Stunden vorbei. Bis dahin sollten wir ein Wort mit dem ehemaligen Vorgesetzten von Gutiérrez wechseln. Und César schuldet uns auch noch einen Bericht zu Fernando Díaz.

16.

»Dieser Regen macht mich fertig.« Hannah schimpfte vor sich hin und blickte an sich hinunter. Der untere Saum ihres geblümten Sommerkleids tropfte bereits, die weißen Sneakers waren mittlerweile komplett durchnässt und hatten einen Grauton angenommen. Obwohl sie im Reiseführer gelesen hatte, dass Santiago de Compostela für regnerisches Wetter bekannt war und Verena sie zudem mehrmals gewarnt hatte, hatte sie nicht mit Regen im August gerechnet und außer ihrer Regenjacke fürs Wandern keine wetterfeste Kleidung eingepackt. An die Jacke hatte sie natürlich heute Morgen nicht gedacht, als das Wetter noch in Ordnung war. Zum Glück hatte José immer einen Schirm dabei und sie war nicht von Kopf bis Fuß durchnässt. José neben ihr schien der Regen nichts auszumachen. Er hielt den Schirm, überließ den meisten Platz darunter allerdings Hannah. Seine linke Seite war nass, was seiner Stimmung aber keinen Abbruch tat.

»Da wären wir.« Er deutete gut gelaunt auf das graue Gebäude mit etwas altmodisch anmutender Treppe, das vor ihnen lag.

Am Empfang wurden sie begrüßt und eine nette, grauhaarige Frau zeigte ihnen den Weg. Der spanische *Comisario* erwartete sie schon in einem Besprechungsraum.

»*Hola,* ich bin Diego«, begrüßte er sie und lächelte dabei freundlich.

Hannah bemerkte die kleinen Lachfalten um seine Augen und spürte direkt Sympathie für ihn. Sie stellten sich vor. Der Kommissar bot ihnen Kaffee und Wasser an, was sie beides dankend annahmen, dann sprach er in recht gutem Englisch.

»Hannah, José hat mir bereits erzählt, dass du hier bist, weil du deine Freundin vermisst. Kannst du mir etwas mehr darüber erzählen? Hattest du bereits Kontakt zu den Kollegen von der Vermisstenstelle und hast du eine Vermisstenanzeige aufgegeben?«

Er sprach sie direkt mit ihrem Vornamen an. Das und sein wacher Blick gefiel Hannah. Nach dem Erlebnis mit Diegos Kollegen hatte sie nicht damit gerechnet, ernst genommen zu werden. Umso mehr freute es sie, dass dies nun der Fall zu sein schien.

»Meine Freundin Verena und ihre Partnerin Alba sind verschwunden. Ich habe mich telefonisch direkt ans Kommissariat gewandt, als ich ihr Verschwinden bemerkt habe, und die Umstände geschildert. Allerdings wurde mein Anliegen leider nicht ernst genommen. Deine Kollegen haben mir erklärt, dass zwei erwachsene Personen machen können, was sie wollen. Zwar war die Wohnungstüre nicht abgeschlossen, aber trotzdem hat sich der Polizist geweigert, eine Vermisstenmeldung aufzunehmen. Meine eigenen Nachforschungen haben noch keine Hinweise auf ihren Aufenthaltsort liefern können. Ich bin nach wie vor der Meinung, dass die beiden ihre Wohnung nicht freiwillig verlassen haben.«

Hannah schilderte dem Kommissar in knappen Worten den Besuch in der Wohnung, das Telefonat mit der spanischen Polizei, die Befragung der Nachbarin sowie das Gespräch mit Albas Mutter. Diego hörte geduldig zu und nickte immer wieder verstehend.

»Nach dem, was du erzählt hast, denke ich auch, dass hinter dem Verschwinden von Verena und Alba mehr stecken könnte. Es tut mir leid, dass die zuständigen Polizisten dich abgewiesen haben. Mittlerweile ist ja noch weitere Zeit vergangen. Ich werde meinen Kollegen César darum bitten, Nachforschungen anzustellen und auch die Kollegen der Vermisstenstelle miteinzubeziehen. Er wird dich telefonisch kontaktieren. Wenn du neue Informationen hast, gib uns Bescheid. Ich muss dich aber darum bitten, nicht eigenständig weitere -«

In diesem Moment stürmte eine Polizistin ins Zimmer. Sie bemerkte Hannah und begann, auf Englisch zu sprechen: »Hallo zusammen, sorry für die Unterbrechung, aber das hier ist wichtig.«

Diego antwortete daraufhin einige spanische Worte, die Hannah nicht verstand. Sie sah, wie er auf die Tür deutete, seine Kollegin aber energisch den Kopf schüttelte. Nachdem die beiden Polizisten noch weitere Sätze gewechselt hatten, in denen auch ihr eigener Name fiel, war sie alarmiert. Ihr wurde ganz flau im Magen. Gab es Neuigkeiten zu Verena? War ihr etwas passiert? Endlich wandte sich Diego ihr zu.

»Hannah, wir denken, dass du uns bei einer Ermittlung weiterhelfen kannst.« Er schien ihr ihr Unbehagen aus ihrem Gesicht ablesen zu können, denn er fügte direkt hinzu: »Keine Angst, es hat nichts mit Verena zu tun«, und hob beschwichtigend die Hand.

Diegos Kollegin mischte sich ein: »Genau, es geht um eine andere Sache. Deine Wandergruppe und du, ihr habt einen Pilger als vermisst gemeldet, richtig?«

Hannah schaute zu José, nickte dann und bekam sofort einen trockenen Hals. Sie nahm einen Schluck Wasser aus dem Glas, das vor ihr stand, bevor sie antwortete. »Ja, das ist richtig. Leon ist in Arzúa nach der Übernachtung verschwunden. José und ich haben den Vorfall der örtlichen Polizei gemeldet. Bisher haben wir noch keine neuen Informationen von ihnen erhalten.« Hannah bemerkte, wie die Polizistin tief Luft holte.

»Warst du mit dem Vermissten befreundet?«

Hannah schüttelte den Kopf und wurde misstrauisch, da die Polizistin in der Vergangenheitsform über Leon sprach. Sie spürte, wie ihr Herzschlag schneller wurde. »Wir haben uns erst auf der Wanderung kennengelernt, aber uns gut verstanden.«

»Es tut mir sehr leid, dass ich eine schlechte Nachricht überbringen muss. Wir haben gerade die Bestätigung bekommen, dass wir Leons Leiche gefunden haben.«

Hannah erstarrte. Auch José sah schockiert aus und es entstand ein Moment des betroffenen Schweigens.

Diego war der Erste, der wieder zu sprechen begann: »Seine Leiche wurde gestern vor einer Kirche in Arzúa gefunden. Wir haben soeben das Ergebnis der DNA-Analyse erhalten. Die Spuren auf der Zahnbürste, die ihr den Kollegen übergeben habt, stimmen mit der Leiche überein. Es tut mir sehr leid.«

Hannah fühlte sich, als würde ihr die Luft abgeschnürt. Die gesamte Zeit seit Leons Verschwinden hatte sie versucht, ihren Polizistinneninstinkt und die damit verbundenen unguten Gefühle zu unterdrücken. Jetzt hatte sie Gewissheit, dass ihre schlimmsten Befürchtungen wahr geworden waren.

»Was genau ist mit Leon passiert?«, mischte sich nun auch José ins Gespräch ein, der die ganze Zeit nur schweigend zugehört hatte.

Hannah bemerkte, dass sein Gesicht blass geworden war.

»Er wurde ermordet«, antwortete die spanische Beamtin ohne Umschweife.

Hannah fühlte, wie nach dem kurzen Schock wieder die Polizistin in ihr die Regie übernahm. »Wie?«, fragte sie knapp.

Sie sah, wie die Frau unsicher zu Diego schaute. Scheinbar wollte sie wissen, ob sie diese Information teilen durfte. Erst, als dieser nickte, begann sie: »Er ist wahrscheinlich betäubt worden und dann durch Verletzungen ausgelöst von stumpfer Gewalteinwirkung gestorben.«

»Bitte behandelt diese Information vertraulich. Wir befinden uns mitten in den Ermittlungen. Das darf auf keinen Fall an die Presse gelangen.« Diego blickte streng zwischen Hannah und José hin und her.

José stellte eine weitere Frage: »Steht der Mord im Zusammenhang mit der Leiche, die vor wenigen Tagen am Pilgerschatten gefunden worden ist?«

Hannah horchte auf. Trieb etwa ein Serienmörder in Santiago und Umgebung sein Unwesen? Aber warum sollte er ausgerechnet Leon umbringen?

»Dazu können wir im Moment noch nichts sagen«, wiegelte Diego ab.

In seinem Gesicht meinte Hannah aber zu erkennen, dass José mit seinen Vermutungen ins Schwarze getroffen hatte. Sie fing an, über die Art des Todes zu Grübeln. Leon war sehr sportlich gewesen. Der Täter musste viel Kraft aufgewendet haben, um ihn zu töten. Sie war sich sicher, dass

Leon sich zu wehren gewusst hätte, wenn er bei Bewusstsein gewesen wäre. Hatte der Mörder ihn deshalb betäubt? War Leon einfach ein Zufallsopfer? Oder steckte mehr dahinter? Sie beschloss, sich später über den anderen Mord schlau zu machen. Sie hatte noch weitere Fragen an die spanischen Kollegen.

»Darf ich Leons Leiche sehen? Ich würde außerdem gerne Tim, den besten Freund und Arbeitskollegen von Leon, informieren. Ist das in Ordnung?«

Diego schien zu überlegen.

»Ok, ich denke, es spricht nichts dagegen. Du hast ihn ja auch als vermisst gemeldet. Ich warne dich aber vor: Es wird kein schöner Anblick sein. Sein Gesicht ist komplett entstellt. Und was Leons Freund angeht: Sag ihm bitte, dass er sich direkt mit uns in Verbindung setzen soll. Ebenfalls wäre es hilfreich, wenn er uns die Kontaktdaten von Leons nächsten Angehörigen geben könnte. Wir werden arrangieren, dass die deutschen Kollegen die Nachricht persönlich überbringen.«

Hannah war überrascht, dass Diego sogar daran dachte, Leons Tod seiner Familie auf respektvolle Art und Weise mitzuteilen. In ihrer Beamtenlaufzeit hatte sie schon ganz andere Herangehensweisen erlebt.

Diego erhob sich. »Am besten, wir machen uns gleich auf den Weg zum Leichenschauhaus. Fernanda, ich habe hier zwei Namen notiert. Beide Frauen wohnen in Santiago und sind aktuell nicht auffindbar. Kannst du César darum bitten, weitere Nachforschungen anzustellen und bei der Vermisstenstelle nachzufragen?«

17.

Verena schlug die Augen auf und schnappte nach Luft. Sie lag auf hartem, feuchten Steinboden. Ihre Glieder schmerzten und ihr Hals fühlte sich trocken an. Ihre Lunge tat ihr beim Atmen weh. Was war passiert?

Als sie sich bewusst wurde, dass sie immer noch im Verließ war, liefen ihr Tränen über das Gesicht. Sie erinnerte sich wieder. Sie hatte einen Asthmaanfall gehabt und gedacht, dass sie nun sterben würde. Scheinbar war sie ohnmächtig geworden und auf den Boden gefallen. Wo war die Wasserflasche? Sie bewegte sich vorsichtig zum Bett und suchte nach der Taschenlampe. Nachdem sie den Knopf gedrückt hatte, flammte das Licht kurz auf, ging dann aber sofort wieder aus. Die Batterien waren leer! Ihre Kraft schwand immer mehr. Lange würde sie es hier unten nicht mehr aushalten.

Die einzige Hoffnung, an die sie sich noch klammerte, war, dass Hannah bereits nach ihr suchte.

Doch wie wahrscheinlich war es, dass sie rechtzeitig gefunden wurde? Ihre Freundin war eine sehr gute Polizistin, das stand außer Frage. Doch was konnte sie schon in einem fremden Land ausrichten? Sie sprach ja nicht einmal Spanisch. Würde sie Hannah je wiedersehen? Und Alba? Als sie an ihre Freundin dachte, wurde ihr für ein paar Sekunden ganz warm ums Herz. Diese Wärme wurde dann aber abrupt von Angst abgelöst. Im Brief hatte der Entführer klargemacht, worum es ihm ging: um die Beziehung zwischen ihr und Alba. Sie sollte ihre Sünden gestehen und sich ihrer Aufgabe besinnen, sonst würde ihre Verlobte sterben. Hatte er Alba das Gleiche geschrieben? Würde ihre Freundin sie retten? Normalerweise hätte Verena ihre Hand für sie ins Feuer gelegt, doch in einer Extremsituation verhielten sich Menschen selten normal und handelten oft unüberlegt. Das hatte sie nicht zuletzt von Hannah gelernt.

Ihre Gedanken kreisten. Sie versuchte krampfhaft, dem Gedankenkarussell zu entkommen und sich auf ihre Umgebung zu konzentrieren. Dann wurde ihr übel vom strengen Geruch, der im Raum aufstieg. Sie hatte es eigentlich vermeiden wollen, sich zu erleichtern, doch irgendwann hatte sie es nicht mehr ausgehalten. Der Raum war so klein, dass es nicht lange gedauert hatte, bis sich vom Urin ein unangenehmer Ammoniak-Geruch gebildet hatte. Sie hielt die Luft an, was dazu führte, dass ihr Rachen trocken wurde. Als sie wieder atmete, musste sie husten. Nicht mehr lange, dann würde ihr nächster Asthmaanfall kommen. Und ohne ihr Spray würde ihr über kurz oder lang die Luft ausgehen. Was auch immer der Entführer von ihr fordern würde, sie musste es tun, um das Leben ihrer Freundin zu retten. Und sie konnte nur hoffen, dass diese das Gleiche für sie tat.

18.

Hannah war erschöpft. Sie lag auf dem Bett in Josés kleinem Gästezimmer und gähnte. Trotzdem war an Schlaf nicht zu denken. Nach der Nachricht von Leons Tod, dem Besuch im Leichenschauhaus, der darauffolgenden getrennten Befragung von ihr und José durch die Polizei und einem emotionalen Telefonat mit Tim musste sie sich erst einmal sammeln und ausruhen. Ihr Kopf fühlte sich an wie in Watte gepackt, sie konnte keinen klaren Gedanken mehr fassen. José hatte zwar versucht, sie mit *Chocolate con Churros* aufzumuntern, einer typisch spanischen Nascherei bestehend aus heißer Schokolade und frittiertem Gebäck, doch ihre Laune entsprach weiterhin dem Wetter – grau und trist.

Sie starrte an die Decke. Sie hatte bereits eine Stunde zum *Pilgerschatten*-Mord recherchiert. Sollte es wirklich einen Zusammenhang mit dem Tod von Leon geben? Ein Seufzen kam über ihre Lippen. Eigentlich hatte sie nur einen entspannten

Urlaub und eine schöne Zeit mit ihrer Freundin verbringen wollen. Nun war sie in einen Mordfall hineingestolpert und Verena und Alba waren schon seit mehreren Tagen vermisst. Sie konnte einfach nicht hier herumsitzen und warten. Sie musste etwas tun!

Es klopfte an der Tür. Es war María, Josés Frau, die von ihrer Arbeit als Dolmetscherin zurückgekehrt war. Am Abend zuvor hatten die beiden Frauen lange miteinander gesprochen. Sie waren sich direkt sympathisch gewesen und die Verständigung war ihnen sehr leichtgefallen, da María natürlich von Berufs wegen noch besser Englisch sprach als ihr Mann.

»Hey Hannah, José hat mir erzählt, was passiert ist. Das tut mir sehr leid. Kann ich irgendetwas für dich tun?«

Aus einem Reflex heraus wollte Hannah den Kopf schütteln. Doch sie überlegte es sich anders. »Danke dir. Wenn du mich so fragst, könntest du mir bei etwas helfen. Meine Freundin Verena wird immer noch vermisst. Die Polizei sucht zwar nach ihr, aber ich möchte auch selbst etwas unternehmen. Verena hatte mir von einem *Tapas*-Restaurant in der Neustadt erzählt, in dem sie mit Alba häufig abends war. Erst letzte Woche müssen sie dort gewesen sein, denn sie hat mir Fotos vom Essen geschickt. Kannst du mich dorthin begleiten und für mich übersetzen? Die Chance ist zwar gering, dort etwas herauszufinden, aber einen Versuch ist es wert.«

»Natürlich komme ich mit. José ist heute Abend sowieso mit Papierkram und der Vorbereitung seiner nächsten Wandertour beschäftigt. Morgen will er schon wieder eine Strecke ablaufen und überlegen, welche Dinge man den Touristen abseits der ausgetretenen Pfade zeigen kann.« Sie verdrehte die Augen. María hatte Hannah gebeichtet, dass sie manchmal nicht verstand, warum ihr Mann so einen großen Aufwand für die Wanderer betrieb. Sie kamen schließlich nicht, um alte Gemäuer am Wegesrand zu besichtigen, sondern um zu pilgern, vielleicht zu sich selbst zu finden und natürlich Santiago und die Kathedrale zu sehen. »Ein Restaurantbesuch ist eine willkommene Abwechslung. Und gegen ein Glas Rotwein hätte ich auch nichts einzuwenden.«

Hannah lächelte sie dankbar an. »Super, freut mich, dass du mich begleitest. Und was José angeht: Ich kann ihn verstehen. Heutzutage muss man den Touristen schon was bieten und sich von der Konkurrenz abheben. Und man braucht gute Online-Bewertungen. Mein Ex-Freund hat die Tour ursprünglich auch nur wegen Josés exzellenten Rezensionen gebucht.«

»Ja, da hast du recht. Ich bin auch ziemlich stolz auf ihn, dass die Geschäfte gerade so gut laufen. Nur manchmal reicht es mir und ich würde mit ihm gerne auch mal über Themen abseits des Wanderns sprechen.« María zwinkerte ihr zu und verließ das Zimmer.

Hannah ging zum Spiegel und nahm ihre

Schminktasche in die Hand. Ein bisschen Make-up konnte nicht schaden. Sie warf einen Blick auf ihren Rucksack. Oben auf lag ihr rotes Lieblingskleid. Warum nicht einmal undercover ermitteln? Sie würde Verena finden.

19.

Mittlerweile war es kurz nach 19 Uhr und das Kommissariat hatte sich geleert. Bis auf Diego und Fernanda waren die Räumlichkeiten des Morddezernates leer.

César war bereits am Nachmittag aufgebrochen, um mehr über die Umstände des Verschwindens von Hannahs Freundinnen herauszufinden. Zuvor hatte er Diego jedoch Bericht erstattet, was er über Fernando Díaz in Erfahrung gebracht hatte. César hatte ihn nicht in seiner Wohnung angetroffen, was ihn aufgrund der Krankmeldung sehr verwundert und misstrauisch gemacht hatte. Er hatte daraufhin die Nachbarn befragt, die bestätigten, was Diego schon vermutet hatte: Díaz war in letzter Zeit immer radikaler geworden. Am Anfang hatte er sich damit begnügt, Artikel zum Thema *Overtourism* zu verfassen, die Demonstrationen zu organisieren und ab und an auch seine Nachbarn auf die Auswirkung des Tourismus auf die Mietpreise hinzuweisen. Doch seit Kurzem schien seine

Fixierung auf das Thema ins Extreme zu gehen. Ein Nachbar sagte, Díaz komme ihm vor wie ein wild gewordener Hund, dem man seinen Knochen weggenommen habe. Die Erklärung für den Gemütswandel schien zu sein, dass Díaz nun selbst ein direkt Betroffener war: Ihm wurde seine Wohnung gekündigt. Der Eigentümer plante, daraus eine lukrativere Ferienwohnung zu machen.

Diego kratzte sich am Kopf. Die Nachbarn konnten César nicht sagen, wo Díaz sich gerade aufhielt. Zum letzten Mal gesehen wurde er am Tag vor dem ersten Leichenfund. Das deckte sich mit der Aussage der Vorgesetzten. César hatte die Krankenhäuser durchtelefoniert, aber keinen Erfolg dabei gehabt. Seit sie Gewissheit hatten, dass auch das zweite Opfer ein Tourist gewesen war, stand Fernando Díaz weit oben auf der Liste der potentiellen Verdächtigen. Für eine Hausdurchsuchung reichte das aber noch nicht.

Diego ließ den Blick zur Übersichtstafel schweifen, die er zusammen mit seinen Kollegen erstellt hatte. Dort hatten sie alle Infos zu den Verdächtigen sowie den Opfern gesammelt. Neben Díaz stand auch Gutiérrez auf der Liste der möglichen Verdächtigen. Das Gespräch, das Fernanda und er mit dessen Vorgesetzten geführt hatten, war aufschlussreich gewesen. Gewissermaßen gab es sogar Parallelen zu Díaz: Auch Gutiérrez war in letzter Zeit radikaler geworden, was seine Ansichten betraf – die allerdings von religiöser Natur waren. Der Eindruck, den er vom Gespräch mit

Gutiérrez gehabt hatte, hatte sich bestätigt. Sein Hauptthema war die Sünde vor Gott und wie er die Gläubigen davon abhalten konnte. Er versuchte nicht nur alles, um den Menschen zu erklären, wie sie ihr Leben gestalten sollten, sondern gab sogar selbst Kurse, in denen er Reinheit lehrte, Jugendliche zur Keuschheit erziehen oder Homosexuelle heilen wollte. Das ging selbst der konservativen katholischen Kirche in Santiago zu weit – wohl auch, weil sie in der heutigen Zeit sowieso Nachwuchsprobleme hatte und sich um ein etwas weltoffeneres Image bemühte. Der ehemalige Chef von Álvarez Gutiérrez hatte berichtet, dass Eltern bereits ihre Kinder vom Chor abgemeldet hatten, weil sie den negativen Einfluss von Gutiérrez fürchteten.

Nach dem Gespräch mit dem Chef war Diego zusammen mit Fernanda zu Gutiérrez gefahren und sie hatten ihn zu seinem Auto befragt. Er war, wie auch bei der ersten Befragung, zunächst nicht sehr kooperativ gewesen, hatte dann aber zu ihrer Überraschung zugestimmt, sein Auto von der Spurensicherung untersuchen zu lassen. Entweder er hatte wirklich nichts zu verbergen oder er war sich sicher, dass keinerlei Spuren im Auto zu finden waren.

Neben Díaz und Gutiérrez hatte Diego der Vollständigkeit halber auch José auf der Liste notiert. Immerhin war der Wanderführer einer der letzten, der Leon Burkowski lebend gesehen hatte. Allerdings konnte Diego den Namen José nun direkt wieder durchstreichen. Für den Mord an Bernauer hatte dieser ein Alibi, er war zur Zeit dessen Verschwindens mit einer Wandergruppe unterwegs gewesen. Seine rote Limousine stand währenddessen zu Hause in der Garage – das hatte ihnen Josés Frau bestätigt. Er besaß zudem auch keinen silbernen Kombi, der rote Wagen war das einzige angemeldete Fahrzeug von José und María. Logistisch wäre es ihm also nicht möglich gewesen, Bernauers Leiche vor der Kathedrale abzulegen. Sie hatten ihn natürlich trotzdem zu Leons Tod befragt, aber keine Ungereimtheiten feststellen können. Er hatte in seinem Zimmer geschlafen und nichts mitbekommen – wie auch der Rest der Wandergruppe nicht. Diego konnte sich sowieso nicht vorstellen, dass der Freund seiner Frau etwas mit den Taten zu tun haben sollte.

Hannah hatte Diego nicht mit auf die Tafel geschrieben. Er hatte sich über die Polizistin schlau gemacht und sah keinen Grund, sie zu verdächtigen. Genauso wenig wie die anderen beiden Wanderer der Gruppe, die die Kollegen in Arzúa schon ausführlich befragt hatten.

Er blickte auf die Spalte mit den Angaben zu den Opfern. Auf den ersten Blick hatten die beiden einige Gemeinsamkeiten. Sie waren männlich, stammten aus Deutschland und waren als Touristen den Jakobsweg gelaufen. Hannahs Bekannter verschwand in Arzúa. Bei Marvin Bernauer konnten sie das nicht so exakt eingrenzen, aber auch er war den Jakobsweg gepilgert. Sie hatten unzählige

Unterkünfte abtelefoniert, jedoch keinen Treffer gelandet. Die Listen über die Gäste wurden von den Besitzern nicht immer lückenlos geführt, auch wenn dies eigentlich eine gesetzliche Vorgabe war. Wenn man allerdings einige Gäste, die bar bezahlten, unterschlug, musste man als Gasthausbesitzer natürlich weniger Steuern zahlen. Und das machte ihnen das Ermitteln schwer. Zudem gab es mittlerweile einfach zu viele Pilgerherbergen. Sie hatten sich zunächst auf diejenigen beschränkt, die direkt am Pilgerweg lagen. Nun würden sie ihre Suche weiter ausdehnen müssen.

Diego konzentrierte sich wieder auf die beiden Opfer. Neben den offensichtlichen Gemeinsamkeiten unterschieden sich die beiden Männer in vielen Punkten. Bernauer war mit seinen 42 Jahren etwas älter als Burkowski, der Anfang 30 war. Der eine hatte blonde Haare, war groß und leicht korpulent, der andere war dunkelhaarig, schlank und trainiert. Auch ihre Jobs hätten unterschiedlicher nicht sein können. Leon Burkowski war erfolgreicher Unternehmensberater, Marvin Bernauer versuchte sich eher weniger erfolgreich als Künstler. Er war katholisch, während Leon keiner Konfession angehörte. Diego war sich noch nicht zu 100 Prozent sicher, ob die Religion in ihrem Fall wirklich eine Rolle spielte. Natürlich legten die Kreuzketten sowie die Fundorte der Leiche das nahe, weshalb Fernanda auch verschiedene Mordmotive mit religiösem Charakter recherchiert hatte. Bei Bernauer hatte seine Kollegin als mögliches Mordmotiv ›Homophobie‹ notiert, da er mit einem Mann verheiratet war. Das machte Gutiérrez nicht weniger verdächtig. Bei Burkowski prangte allerdings an dieser Stelle ein Fragezeichen. Fernanda hatte Hannah gefragt, ob Leon homosexuell war, allerdings hatte die deutsche Polizistin auf diese Frage keine Antwort gehabt. Sie meinte, dass sie Leon in der kurzen Zeit nicht gut genug kennengelernt hatte, was Diego nicht verwunderte. Sie hatte Fernanda aber erzählt, dass sie das Gefühl hatte, dass Leon gerne mit Frauen flirtete. José schätzte die ganze Sache etwas anders ein als Hannah. Er hatte bei der Befragung berichtet, dass Leon und Tim sich öfter körperlich nahegekommen waren, sich zum Beispiel umarmt hatten. Ob sie aber wirklich ein Paar waren, dazu vermochte auch er keine Einschätzung vornehmen. Daraufhin hatte Diego mit Tim, dem Arbeitskollegen und Freund, telefoniert. Dieser meinte, dass Leon seines Wissens nach auf Frauen stand. Er verneinte, dass sie ein Paar gewesen waren. Allerdings hatte Diego am Telefon ein kurzes Zögern vernommen. Deshalb war für ihn dieser Punkt weiterhin offen.

Großes Kopfzerbrechen bereitete dem *Comisario* auch noch ein ganz anderer Punkt: die Art des Verschwindens. Bernauer war alleine gewandert. Für den Täter konnte es also nicht so schwer gewesen sein, ihn abzufangen, ohne dass er damit Aufsehen erregte. Bei Burkowski stellte sich das ganz anders dar. Er war mit einer Gruppe unterwegs und schlief zudem auch noch mit einer weiteren

Person in einem Zimmer. Wie hatte der Mörder ihn ausgesucht und dann unbemerkt aus dem Zimmer entführt? Hatte er ihn herausgelockt? Und warum hatte Leon das Handy zurückgelassen? Sie mussten in Betracht ziehen, dass Leon ein Zufallsopfer war. Das könnte passen, wenn es der Täter auf Touristen abgesehen hatte und keine weiteren Kriterien anwandte. Allerdings würde er dafür auch sehr viel Aufwand in Kauf nehmen.

Diego versuchte, sich in den Täter hineinzuversetzen. Viel einfacher und eindrucksvoller, als einzelne Touristen herauszupicken, wäre es, einen Anschlag auf eine Touristengruppe zu verüben. Vielleicht aber mussten sie beide möglichen Tatmotive, Homophobie und Xenophobie aufgrund von *Overtourism* auch in einen Zusammenhang bringen. Erst heute Morgen hatte Diego einen Artikel in der Zeitung gelesen, in dem sich der Autor darüber beschwert hatte, dass so viele Touristen aus reinem Spaß pilgerten, ohne die ursprüngliche religiöse Bedeutung dahinter zu beachten.

Diego blickte weiter zur Zeitleiste. Im Team hatten sie versucht, die letzten Stunden im Leben der beiden Männer zu rekonstruieren – mit eher unzufriedenstellendem Ergebnis. Den Zeitraum des Verschwindens von Burkowski konnten sie bestimmen, bei Bernauer sah die Sache leider anders aus. Da er allein auf dem Weg nach Santiago war, gab es keine unmittelbaren Zeugen. Und bis jetzt hatten sie niemanden ausfindig machen können, der ihn wiedererkannt hätte. So blieb ein Zeitraum von fast drei Tagen, in dem Bernauer hätte entführt und getötet werden können.

Während Diego noch weiter grübelte und Notizen von seinem Block auf die Übersichtstafel übertrug, klingelte das Telefon. Fernanda, die die ganze Zeit schweigend am Nachbartisch gearbeitet hatte, nahm den Hörer ab. Diego sah, wie seine Kollegin zuhörte und ihre Stirn in Falten legte.

»Wie war nochmal der Name?« Sie machte eine Notiz, fragte noch nach einer Adresse und legte beschwingt den Hörer auf. »Wir haben einen neuen Hinweis! Ein *Señor* Sánchez hat sich auf unser Phantombild in der Zeitung hin gemeldet. Er meinte, der Mann könnte sein Nachbar sein.«

»Wie schätzt du ihn ein, klang er glaubwürdig?«

»Das werden wir sehen. Die Geschichte scheint erst einmal plausibel. Er hat erzählt, dass er sogar extra noch einmal bei seinem Nachbarn geklingelt hat, um sicher zu gehen, dass er sich nicht irrt. Der Nachbar soll erst vor Kurzem in das Haus neben ihm gezogen sein.«

»Na dann, hoffen wir mal, dass sich dein Eindruck bestätigt. Lass uns gleich losfahren, um dem *Señor* und seinem *Vecino* einen Besuch abzustatten. Wo müssen wir hin?«

Fernanda nannte ihm die Adresse. Er griff nach dem Autoschlüssel, der auf seinem Schreibtisch lag, warf diesen Fernanda zu und schnappte sich seine Jacke.

20.

Im *Restaurante* war es laut, voll und stickig. Das Wetter war auch am Abend weiterhin grau und regnerisch geblieben, weshalb sich die Gäste in die Innenräume des etwas altmodisch anmutenden, aber dennoch gemütlich ausgestatteten Lokals zurückgezogen hatten. Zwischen den einzelnen Tischen, an denen Plüschsessel anstatt normaler Stühle standen, war kaum ein Durchkommen und Hannah war froh, als sie und María endlich einen Platz gefunden hatten. Glücklicherweise saßen sie in einer ruhigeren Ecke, in der sie etwas für sich waren.

Nach einer gefühlten Ewigkeit konnten sie ihre Bestellung aufgeben. María und Hannah wählten beide den *Vino de la Casa,* einen etwas schwereren Rotwein. Dazu bestellten sie sich vier verschiedene *Raciones*. Hannah war zunächst etwas verwirrt gewesen, denn sie dachte, sie würden *Tapas* bestellen. Josés Frau hatte ihr dann erklärt, dass es sich bei *Tapas* in Nordspanien um die kleinen Häppchen handelte, die fast immer kostenlos zu den bestellten Getränken kamen. *Raciones* wiederum waren größere Portionen, die man sich sehr gut teilen konnte und die als vollwertiges Mittag- oder Abendessen durchgingen. Hannah freute sich schon auf den hauchdünn geschnittenen *Serrano*-Schinken, den *Manchego*-Käse, die Thunfisch-*Croquetas* und ganz besonders auf die *Tortilla*.

»Wie willst du vorgehen?« María hatte sich zu ihr vorgebeugt und ihre Stimme etwas gesenkt. Hannah sah sie an und musste schmunzeln. Seit sie María auf dem Hinweg erzählt hatte, dass sie quasi undercover ermitteln würden, war sie sehr aufgeregt. Für Hannah war das Ermitteln unter verschiedenen Bedingungen Routine. María kannte Polizeiarbeit natürlich nur aus Krimis.

Hannah antwortete ebenfalls etwas leiser, um ihrer neuen Freundin nicht die Illusion zu nehmen. »Als Erstes würde ich gerne mit den Kellnern sprechen. Vielleicht kennen sie Verena und Alba oder sie haben sie in letzter Zeit bedient. Jeder Hinweis kann uns weiterbringen.«

»Und wie machen wir das, wenn du dich nicht als Polizistin zu erkennen geben willst?«

Hannah grinste nun. »Wir geben uns einfach als Pärchen aus und sagen, dass wir die beiden zufällig letzte Woche hier getroffen und uns mit ihnen unterhalten haben. Allerdings haben wir dummerweise vergessen, unsere Telefonnummern auszutauschen. Leider wissen wir nicht, wo die beiden wohnen, würden aber gerne Kontakt zu ihnen aufnehmen.«

»Das könnte klappen. Vielleicht können wir ja noch hinzufügen, dass unsere Hochzeit davon abhängt.«

»Unsere Hochzeit?« Hannah sah María fragend an.

»Genau, wir behaupten, Verena und Alba hätten uns von ihrer Hochzeitslocation vorgeschwärmt und dass wir sie uns gern anschauen würden. Leider können wir uns an den Namen der Location nicht mehr erinnern.« María zwinkerte ihr zu.

Hannah war baff. Marías Idee war gar nicht so schlecht. »Ich glaube, du würdest bei einem Verhör eine gute Figur machen.«

Nach 2 Stunden waren die beiden Frauen ernüchtert. Die vier Kellnerinnen und zwei Kellner, mit denen sie bislang gesprochen hatten, kannten Verena und Alba zwar teilweise vom Sehen, wussten aber nichts über die beiden.

»Ist das Ermitteln immer so mühsam?« María sah enttäuscht aus.

»Nicht immer, aber oft. Wir müssen dranbleiben und hartnäckig sein. Irgendwann kommen wir ans Ziel.«

Nach einem weiteren Glas Rotwein und einer weiteren Stunde, in der die Frauen über Gott und die Welt gesprochen hatten, deutete María an Hannah vorbei. »Schau mal, der da ist neu.«

Hannah wandte sich um und sah einen hochgewachsenen, dunkelhaarigen Mann, der ungefähr Ende 20 sein musste.

»Wahrscheinlich war gerade Schichtwechsel.«

Noch bevor Hannah antworten konnte, hatte María den Mann schon zu sich hergewinkt. María begrüßte ihn und, nachdem er nach ihren Wünschen gefragt hatte, erzählte sie ihm ihre kleine Geschichte. Dann zog sie ein Bild hervor, das Hannah ihr vor dem Restaurantbesuch in die Hand gedrückt hatte, um es sicher in ihrer Handtasche zu verstauen, da Hannah keine dabeihatte. Es einfach zu zeigen, war allerdings nicht abgesprochen.

»Kennst du die beiden zufällig?« María hielt es ihm hin und der Kellner runzelte die Stirn.

»Ja, ich kenne die beiden. Sie waren letzte Woche Dienstag hier. Euch beide«, sagte er mit einem strengen Blick und schaute zwischen María und Hannah hin und her, »habe ich an diesem Tag allerdings nicht gesehen. Ich habe ein gutes Personengedächtnis. Und warum habt ihr ein Bild von den beiden, wenn ihr sie erst einmal gesehen habt?«

Damit hatte Hannah gerechnet, mit dieser Geschichte würden sie nun nichts erfahren. Sie waren aufgeflogen. Auf Englisch erklärte sie, wer sie wirklich waren und legte ihren Polizeidienstausweis auf den Tisch. Als María mit dem Übersetzen fertig war, hatte sich die Miene des Kellners aufgehellt.

»Warum hast du das denn nicht gleich gesagt? Verena und Alba sind Stammgäste und besuchen uns oft. Deshalb weiß ich auch, dass sie gar nicht weit weg von hier wohnen.«

»Ist dir denn an dem Abend irgendetwas Ungewöhnliches aufgefallen? Wirkten die beiden bedrückt? Oder war sonst etwas seltsam?« Hannah war nun wieder in der Rolle der professionellen Ermittlerin angekommen.

Der Mann schaute sie an und überlegte. »Die beiden waren gut gelaunt – wie eigentlich immer. Sie haben mir von ihren Plänen für die Hochzeit erzählt und *Tinto de Verano* getrunken.«

»Und was ist mit den anderen Gästen, gab es da etwas, das dir ins Auge gestochen ist?«, hakte Hannah nochmal nach.

Nach kurzer Bedenkzeit nickte er. »Jetzt, wo ich so darüber nachdenke. Am Nachbartisch saß ein Mann, der immer wieder zu ihnen hinübergesehen hat. Erst mal nichts Außergewöhnliches, schließlich sind die beiden sehr hübsch und wir Spanier flirten gern. Allerdings hat der Mann Fotos im Restaurant gemacht. Auf einem oder mehreren Fotos sind bestimmt auch Alba und Verena zu sehen. Ich habe ihn darauf hingewiesen, dass er das unterlassen soll. Er war leicht verärgert und hat ziemlich schnell gezahlt. Ich glaube, er hat das Restaurant fast zeitgleich mit Verena und Alba verlassen. Das muss so gegen 23 Uhr gewesen sein.«

Hannah hielt die Luft an. Endlich ein erster Hinweis. »Kannst du den Mann beschreiben?«

»Er war schon älter, vielleicht um die 50, und hatte schon schütteres Haar – oder nein, fast schon eine Glatze. Normal groß, recht schlank und gut angezogen – er trug ein dunkelblaues Jackett.«

Hannah bedankte sich und steckte dem Kellner ein ordentliches Trinkgeld zu. Sie war schlagartig müde. María schien es ebenfalls so zu ergehen. Hannah hatte wahrgenommen, dass auch sie mehrfach ein Gähnen unterdrücken musste. Zusammen bezahlten die beiden Frauen und verließen das Restaurant in die angenehm frische Abendluft. Zum Glück hatte es aufgehört zu regnen. Gemeinsam machten sie sich zu Fuß auf den Heimweg. Die Straßenlaternen tauchten die Straßen der Neustadt in ein schummriges Licht. Ihre Schuhe klackerten auf dem Asphalt. Nachts waren nur wenige Menschen unterwegs, ganz im Gegensatz zum Tag, wenn die Stadt fest im Griff des Pilgerstroms war. Hannah konnte verstehen, warum manche Bewohner von Santiago gegen den übermäßigen Tourismus demonstrierten. María hatte ihr davon auf dem Weg zum Restaurant erzählt.

Sie liefen einige Zeit lang schweigend nebeneinander, bis María die Stille durchbrach. »Wie willst du jetzt weiter vorgehen? Denkst du, dieser Mann hat etwas mit dem Verschwinden der beiden zu tun?«

»Möglich«, murmelte Hannah in Gedanken versunken. »Selbst wenn er nicht der Täter ist, so hat er vielleicht Bilder gemacht, die uns bei der Suche weiterhelfen könnten. Ich muss ihn also finden. Vielleicht war er auch nur ein Verehrer. Ich möchte morgen noch einmal bei Paola und Carmen vorbeischauen. Wenn der Mann ein Stalker ist, hat Paola ihn möglicherweise schon einmal in der

Nähe ihres Hauses gesehen. Und was Albas Mutter betrifft«, Hannah seufzte, »ich hoffe, dass die Frau mittlerweile den Ernst der Lage erkannt hat. Vielleicht hilft sie mir jetzt, da ihre Tochter immer noch nicht aufgetaucht ist. Ich habe das Gefühl, dass sie mir nicht alles erzählt hat, was sie weiß.«

Der Fußweg zurück kam Hannah länger vor als der Hinweg. Endlich hatten sie die Altstadt erreicht. Nachdem sie noch weiter gegrübelt hatte, blickte sie María an. Sie sah nicht nur müde, sondern auch bedrückt aus.

»Jetzt habe ich genug über meine Ermittlungen geredet. Ist alles gut bei dir?«

María schien erst zu zögern, ob sie Hannah erzählen sollte, was sie belastete. Dann hörte Hannah, wie sie tief durchatmete und sagte: »Ich glaube, José betrügt mich.« Ihre Stimme klang traurig.

Hannah war perplex. Damit hatte sie nicht gerechnet. »Wie kommst du darauf?«

»Ich habe dir ja schon erzählt, dass José seine Arbeit ernst nimmt und deshalb viel unterwegs ist. Das war schon immer so. Oft kommt er erst nach Mitternacht nach Hause, weil er noch Strecken abläuft oder sich außergewöhnliche Events für die Wanderer überlegt, zum Beispiel ›Pilgern bei Nacht‹. In letzter Zeit ist er aber nicht nur viel unterwegs, sondern auch ständig am Handy. Ich glaube, er schreibt mit einer Frau. Immer wenn ich dazukomme, während er eine Nachricht tippt, schaltet er das Display aus. Ich habe schon überlegt, ob ich in einem unbemerkten Moment auf sein Handy schauen soll – aber ich möchte nicht so eine misstrauische Ehefrau werden. Vielleicht bilde ich mir ja auch alles bloß ein.«

»Hmm …« Hannah wusste nicht so recht, was sie darauf erwidern sollte. Sie kannte María und José viel zu kurz, um sich ein Urteil über das Paar hätte bilden zu können.

María schien ihr Unbehagen zu bemerken. »Tut mir leid, dich damit zu belasten. Du hast gerade bestimmt schon genug im Kopf.«

Hannah gab ihr zu verstehen, dass das nichts ausmachte und sie gerne ein offenes Ohr hatte. Sie versprach María, darauf zu achten, ob ihr etwas Merkwürdiges an José auffiel. Eigentlich konnte und wollte sie sich nicht vorstellen, dass José seine Frau hinterging. Allerdings hatte sie erst selbst kürzlich die schmerzliche Erfahrung machen müssen, dass man sich seiner Beziehung nie sicher sein konnte, auch wenn auf den ersten Blick alles harmonisch und in Ordnung schien.

21.

Verena starrte auf den Brief, den der Entführer ihr durch die Luke heruntergelassen hatte. Ihre Hände zitterten ununterbrochen. Es war ihr fast unmöglich, den Brief zu lesen. Immer wieder verschwammen die Buchstaben vor ihrem Auge. Und ohne die Taschenlampe konnte sie die Schrift kaum entziffern. Im dritten Anlauf schaffte sie es endlich. Ihr kamen die Tränen. Wenn sie die Forderungen des Entführers erfüllte, würden die Chancen, dass sie gefunden werden würde, noch geringer. Und auch wenn sie gefunden würde, würde die Erfüllung der Aufgabe entsetzliche Auswirkungen auf ihr zukünftiges Leben haben. Aber was hatte sie schon für eine andere Wahl? Wenn sie nicht tat, was er von ihr verlangte, würde Alba sterben.

Sie versuchte, ganz langsam ein- und auszuatmen, denn sie spürte, dass ein erneuter Asthmaanfall sich ankündigte. Als sie getan hatte, was ihr aufgetragen worden war, nahm sie einen letzten

Schluck aus der Wasserflasche. Nun war sie leer. Ihr Magen knurrte. Das Stückchen Brot sowie die Banane, die vor einigen Stunden durch die Luke geworfen worden waren, hatte sie längst aufgegessen. Sie schloss die Augen. Obwohl sie nicht gläubig war, faltete sie zum ersten Mal seit langer Zeit die Hände und betete dafür, dass dieser Albtraum bald ein Ende hatte.

22.

Fernanda hielt mit quietschenden Reifen vor der Adresse, die ihr der Mann am Telefon genannt hatte. Sie waren knapp 20 Minuten gefahren. Der Anrufer sowie dessen Nachbar wohnten ländlich und eher abgeschieden.

Diego stieg aus und atmete auf. Warum hatte er seine Kollegin fahren lassen? Er kannte Fernandas rasanten Fahrstil und hatte bereits nach fünf Minuten bereut, den Wagen nicht selbst zu lenken. Als er sich umschaute, bemerkte er, dass er die Gegend kannte. Weshalb war ihm das bei der Anfahrt nicht aufgefallen? Wahrscheinlich hatte es damit zu tun, dass er in die Akten zum Fall vertieft gewesen war, während seine Kollegin am Steuer gesessen hatte – was natürlich, neben dem Fahrstil, dazu beigetragen hatte, dass ihm nun leicht schlecht war.

Er wandte sich Fernanda zu: »Hier im angrenzenden Wald bin ich früher regelmäßig mit einem Freund joggen gegangen. Vielleicht sollte ich diese

Gewohnheit wiederaufleben lassen. Der Wald ist richtig schön groß, da kann man gut abschalten.«

»Sport im Freien ist wirklich eine gute Idee, das sollte ich auch viel öfter machen. Ist einfach was ganz anderes, als auf einem Laufband im Fitnessstudio seine Kilometer abzuarbeiten.«

Mittlerweile war es dunkel geworden. Nur eine kleine, flackernde Straßenlaterne erhellte den Eingang des Hauses. Diego drückte auf die Klingel des Tors. Sofort summte der Türöffner. Ihre Ankunft war also nicht unbemerkt geblieben. Sie liefen den schmalen, dunklen Weg auf der linken Seite des Hauses entlang, bis sie bei der Haustür ankamen. Romeo Sánchez wartete schon an der Tür auf sie. Diego war erstaunt. Er hatte mit einem etwas älteren Herrn gerechnet. Doch Sánchez durfte höchstens 30 Jahre alt sein. Die Innenbeleuchtung ließ sein lockiges, schwarzes Haar fast lila erscheinen. Er war nicht sehr groß, seine sportliche Statur zeugte jedoch davon, dass er seinen Körper in Form hielt.

Romeo Sánchez streckte ihm die Hand entgegen: »Hallo, ich habe Sie schon erwartet. Kommen Sie rein. Möchten Sie einen Kaffee oder Tee?«

Fernanda und Diego lehnten dankend ab und folgten ihm ins Wohnzimmer. Das Haus war alt, jedoch geschmackvoll und modern eingerichtet. Sie nahmen auf dem Sofa Platz und Diego ließ noch einmal offensichtlich den Blick schweifen. »Ein schönes Haus. Wohnen Sie ganz alleine hier?«

Sánchez lächelte. »Ja, seit dem Tod meiner Eltern.

Ich habe das Haus vor fünf Jahren von ihnen geerbt. Ich bin hier aufgewachsen und würde es nicht übers Herz bringen, es zu verkaufen. Lieber bringe ich es ein bisschen auf Vordermann.«

»Ist ja schon etwas abgeschieden hier«, kommentierte Fernanda.

»Da haben Sie recht. Aber ich mag es hier. Das ist eine schöne Abwechslung zur Stadt. Sie müssen wissen, ich arbeite in Santiago in einer Bar. Und da ist immer ganz schön was los. In den letzten beiden Jahren hat die Touristenzahl nochmal stark zugenommen. Ich bin jedenfalls froh, hier einen Ort der Stille zu haben.«

Nach weiterem Smalltalk kam Fernanda direkt zur Sache:

»Vielen Dank, dass sie uns wegen des Phantombilds angerufen haben, das -«

»Ja, als ich das Bild gestern Morgen in der Zeitung gesehen habe, habe ich mir gleich gedacht, dass es sich um meinen Nachbarn handeln könnte«, unterbrach Sánchez sie. Er schien ein hohes Mitteilungsbedürfnis zu haben, denn bevor Diego nachfragen konnte, beantwortete Sánchez selbst die offene Frage, die im Raum stand. »Sie fragen sich sicherlich, warum ich mich nicht direkt gestern bei Ihnen gemeldet habe. Nun, ich musste sofort nach dem Frühstück los zur Arbeit. Und ich wollte es erst nochmal überprüfen.«

Diegos Partnerin schaute den Mann skeptisch an. Diego sah ihr an, dass ihr Sánchez' Redebedürfnis nicht gefiel und sie ungeduldig wurde.

»Was wollten Sie überprüfen? Ob der Mann auf dem Phantombild ihr Nachbar ist? Wissen Sie denn nicht, wie er aussieht?«

Sánchez machte ein beleidigtes Gesicht. »Mein Nachbar wohnt noch nicht lange hier und ist nicht oft zu Hause. Ich habe doch nichts falsch gemacht?« Er blickte hilfesuchend zu Diego.

Diego wusste, dass Fernanda nur zu gerne das *Good Cop-/Bad Cop*-Spiel spielte, auch wenn es in diesem Fall nicht unbedingt notwendig gewesen wäre. Er hob beschwichtigend die Hände. »Nein, Sie haben alles richtig gemacht. Sie haben dann also überprüft, ob es sich bei dem Mann auf dem Phantombild um Ihren Nachbarn handelt?«

»Genau.« Sánchez grinste stolz und begann, aufgeregt zu erzählen. »Ich habe mir eine kleine Geschichte als Vorwand ausgedacht und ihm erzählt, dass mein Rasenmäher kaputt ist. Ich wusste, dass er so einen großen Aufsitzrasenmäher besitzt. Als ich heute deshalb bei ihm geklingelt habe, habe ich direkt die Ähnlichkeit mit dem Phantombild gesehen. Es waren die Augen. Er hat diesen durchdringenden Blick, wie auf dem Bild.«

Diego schaute unauffällig zu seiner Partnerin. Diese schien, ebenso wie er, keinen durchdringenden Blick auf dem Phantombild gesehen zu haben. »Nun ja«, setzte er deshalb das Gespräch fort, »was können Sie uns noch zu Ihrem Nachbarn sagen? Sie haben ja gesagt, er sei oft unterwegs. Wissen Sie vielleicht, was er beruflich macht oder wieso er so selten zu Hause ist?«

»Er scheint viel zu arbeiten. Ich glaube, er ist Landschaftsgärtner. Oder er ist auf einer dieser Demos.«

»Demos?«

Plötzlich wurde es doch interessant für Diego und Fernanda.

»Ja genau, er hat sich den Protesten gegen den Übertourismus angeschlossen. Die spinnen, wenn Sie meine Meinung dazu hören wollen. Die Touristen sind ungemein wichtig für die Wirtschaft von Santiago. Und die Einheimischen nehmen das Geld gerne an. Ja, ich finde auch, dass viel in der Stadt los ist. Aber man kann dem ja entgehen. Hier draußen bekommt er doch gar nichts davon mit.« Sánchez schien zu merken, dass er etwas zu sehr ausgeholt hatte. Er sammelte sich und kam zurück zum Punkt. »Mein Nachbar hat erst vor Kurzem dazu ein Zeitungsinterview gegeben, deshalb weiß ich davon. Moment …« Er erhob sich und lief ein paar Schritte auf einen unscheinbaren Zeitungsständer zu, der neben dem Esstisch stand. »Hier, ich habe die Zeitung extra aufgehoben. Es kommt ja nicht oft vor, dass über Bekannte berichtet wird.«

Diego nahm das Blatt an sich und nickte. Schon wieder begegnete ihnen das Thema *Overtourism* bei ihren Ermittlungen. Konnte das ein Zufall sein? Auf jeden Fall mussten sie weitere Nachforschungen in diese Richtung anstellen.

Nachdem sie das Gefühl hatten, alles erfahren zu haben, was Romeo Sánchez wusste, verabschiedeten sich Diego und Fernanda und verließen das Haus.

»Na, dann lass uns mal unserem potentiellen Verdächtigen einen Besuch abstatten. Ich bin gespannt, was er uns zu erzählen hat.«

Das Nachbarhaus war etwas kleiner als das von Sánchez, sah aber genauso alt aus. Bereits im Dunkeln ließ sich erahnen, dass es etwas heruntergekommen war. Im Gegensatz dazu stand der Vorgarten, der von einer Solarlampe beleuchtet wurde. Der Rasen war akkurat geschnitten und die Rosen wuchsen wunderschön um einen Rosenbogen herum. Kein Wunder bei einem Landschaftsgärtner.

Diego klingelte. Er hörte langsame Schritte im Inneren des Hauses. Kurz darauf wurde die Tür einen Spalt geöffnet.

»Ja?« Ein Gesicht voller Misstrauen lugte hervor. »Was gibt's?«

Diego räusperte sich. »Wir sind von der Polizei und hätten ein paar Fragen an Sie.«

Zur Bestätigung streckte er seinen Polizeidienstausweis durch den Spalt. Fernanda tat es ihm gleich. Der Mann öffnete ihnen die Tür weiter. Das Erste, was Diego wahrnahm, war tatsächlich sein Blick. Sánchez hatte recht gehabt. Die blitzenden, grünen Augen des Mannes lösten bei Diego eine Gänsehaut aus. Davon abgesehen stand ein durchschnittlicher Mann um die 50 vor ihnen. Er hatte schütteres Haar, war aber nicht unattraktiv. Das war der Mann vom Phantombild. Diego blickte zu seiner Kollegin. Er konnte an ihrem Gesichtsausdruck erkennen, dass sie dasselbe dachte.

»Hat das nicht Zeit bis morgen?«, fragte der Mann jetzt. »Es ist schon spät und ich wollte eigentlich gerade schlafen gehen.«

Diego schüttelte den Kopf. »Nein, es ist leider wichtig, *Señor* …«, er schaute auf das Klingelschild, »*Señor* Perez. Dürfen wir reinkommen?«

Kommentarlos machte der Mann einen Schritt zur Seite und sie traten ein. Diego nahm einen muffigen Geruch wahr, so als wäre schon länger nicht mehr durchgelüftet worden. Perez schlurfte vor ihnen.

»Hier hinten ist das Wohnzimmer. Setzen Sie sich schon mal, ich mache uns noch einen Kaffee.« Er wartete nicht auf eine Antwort der Beamten, sondern bog links in die Küche ab.

Diego und Fernanda liefen ins Wohnzimmer und schauten sich um. Es war recht spärlich eingerichtet und entgegen Diegos Erwartungen sehr ordentlich. Zusammen setzten sie sich schweigend auf ein altes, braunes Sofa.

Als Perez nach 5 Minuten immer noch nicht bei ihnen war, wurde Diego unruhig. Gerade als er nachsehen wollte, hörte der *Comisario* ein Klirren. Sofort sprang Diego auf und rannte in die Küche. Aus dem Augenwinkel sah er, wie seine Partnerin in Richtung Vordereingang hastete. Das Fenster in der Küche stand offen, ein Blumentopf, der auf der Fensterbank gestanden haben musste, war zu Bruch gegangen. Von Perez fehlte jede Spur.

Ohne lange nachzudenken sprintete Diego zur offen stehenden Haustür. Von hinten konnte er gerade noch Fernanda erkennen, die in Richtung Wald rannte. Diego lief so schnell er konnte zu seinem Wagen und holte eine Taschenlampe aus dem Kofferraum. Jetzt kam ihm zugute, dass er sich in der Gegend auskannte. Er beschloss, einen anderen Weg zu nehmen als seine Kollegin und so ihre Chancen zu erhöhen, Perez zu erwischen. Mit der Lampe in der Hand sprintete er zum anderen Ende des Waldwegs. Er ignorierte das Seitenstechen, das sich schon nach kurzer Zeit bemerkbar machte. Als er außer Atem den Waldrand erreicht hatte, blieb er abrupt stehen. Er leuchtete mit der Taschenlampe hin und her und überlegte. Wo würde er an Perez' Stelle hinlaufen? Der Wald war dunkel, was die Orientierung, auch bei einem bekannten Gelände, schwierig machte. Diego beschloss, auf dem breiten Weg durch den Wald zu laufen. Der Taschenlampenstrahl hatte eine geringere Reichweite, als Diego gehofft hatte. Es war stockdunkel. Rechts von ihm raschelte es. Er blieb stehen. War da jemand? Er ließ das Licht schweifen. Das Rascheln wurde lauter und kam immer näher. Diego machte einen Schritt zur Seite und hielt die Luft an. Dann, nach einer gefühlten Ewigkeit, kam ein kleines Kaninchen zum Vorschein. Mist. Er musste es mit seinem Licht aufgescheucht haben.

Diego lief weiter, so schnell es die Dunkelheit eben zuließ. Jetzt bloß nicht stolpern! Mittlerweile brannte seine Lunge. Hätte er doch nur in letzter

Zeit den Sport nicht so schleifen lassen. Endlich gelangte er an sein Ziel: eine kleine, verlassene Hütte. Wäre er Perez gewesen, der nicht wissen konnte, dass er die Gegend kannte, hätte er sich hier versteckt. Er drückte gegen die Holztür, die keinen Türknauf mehr hatte. Quietschend schwang die Tür auf. Er wollte gerade einen Fuß ins Haus hineinsetzen, als er einen Schrei hörte. Seine Armhaare stellten sich auf. Das war Fernanda! Hastig drehte er sich um und rief nach seiner Kollegin.

»Fernanda!«

Ein erneuter Schrei ließ ihn erzittern. So schnell er konnte rannte er in die Richtung, in der er Fernanda vermutete. Die Taschenlampe hatte er starr vor sich gerichtet.

»Fernanda, wo bist du?«

Endlich hörte er die Stimme seiner Kollegin. »Diego, hier!«

Als er näher kam, sah er im Schein der Taschenlampe Fernanda, die auf dem Boden lag.

»Was ist passiert, geht es dir gut?«, fragte er seine Kollegin besorgt und richtete den Lichtstrahl nun direkt auf sie, um zu sehen, was passiert war. Ihr Gesicht war schmerzerfüllt.

Seine Kollegin stöhnte. »Ich glaube, ich habe mir den Knöchel verstaucht. Oder gebrochen. Ich bin über eine Wurzel gestolpert. Keine Ahnung, wie Perez so schnell sein konnte, so sportlich hatte ich ihn gar nicht eingeschätzt. Aber es ist dunkel und er kennt sich hier aus. Ich glaube nicht, dass wir ihn heute noch finden werden.«

Diego reichte ihr die Hand. »Kannst du aufstehen, ohne den Fuß zu belasten?«

Es klappte. Fernanda konnte nicht auftreten und so stützte Diego sie auf dem Weg zum Auto. Er war etwas enttäuscht, dass er nicht mehr nachschauen konnte, ob sich Perez in der Waldhütte versteckt hielt. Aber jetzt stand die Gesundheit seiner Kollegin im Vordergrund. Der Weg zurück kam ihm unendlich lang vor. Die Müdigkeit machte sich bei ihm bemerkbar und er musste sich konzentrieren, dass er, mit Fernanda im Arm, nicht auch noch stürzte. Als er sie wohlbehalten auf den Beifahrersitz gesetzt hatte, benachrichtigte er die Kollegen. Nach einem kurzen Briefing versprachen sie, direkt mit allen verfügbaren Beamten zu kommen, um den Wald gründlich abzusuchen und Perez zur Fahndung auszuschreiben.

23.

Diego hatte Fernanda im Krankenhaus abgesetzt. Sie hatte sich zwar zunächst geweigert, in die Notaufnahme zu gehen, doch er kannte seine Partnerin gut: Ihr schmerzverzerrtes Gesicht sprach Bände. Also hatte er sich kurzerhand über sie hinweggesetzt und war auf dem schnellsten Weg zum *Hospital* gefahren. Fernanda hatte dann darauf bestanden, dass er nicht auf sie wartete, sondern nach Hause fuhr, um zumindest noch etwas Schlaf zu bekommen. Sie wollte sich für den Heimweg ein Taxi nehmen.

Um halb 2 saß er am Schreibtisch in seinem Arbeitszimmer. Er war viel zu aufgekratzt, um direkt ins Bett zu gehen. Inés hatte sich schon längst schlafen gelegt, bevor er heimgekommen war. Wie gern hätte Diego mit seiner Frau über den Tag gesprochen und erfahren, was ihre beiden Mädchen Ana und Carlota erlebt hatten. Und ihr von seinem Einsatz erzählt.

Auf dem Weg nach Hause hatte er noch mit César

telefoniert, der ebenfalls spät unterwegs gewesen war, um Nachforschungen über die beiden vermissten Frauen anzustellen. Was er zu berichten hatte, gefiel Diego ganz und gar nicht. Er hatte, zusammen mit einem weiteren Beamten, das Stammlokal von Alba und Verena besucht und die Kellner befragt. Am Tag, an dem die Frauen zum letzten Mal dort gewesen waren, war ein Mann unangenehm aufgefallen. César wollte weitere Ermittlungen dazu anstellen. Diego wusste noch nicht, wie er den Hinweis einordnen sollte. Aktuell gab ihm aber etwas anderes zu denken. Von César hatte er auch erfahren, dass Hannah bereits kurz vor ihnen vor Ort gewesen war und Fragen gestellt hatte. Und das war genau das, was er hatte vermeiden wollen. Schließlich konnte er nicht zulassen, dass sie sich einmischte – auch wenn ihm die junge Frau sympathisch war. Die deutsche Kommissarin war nicht dazu befugt, in Spanien zu ermitteln. Zudem wussten sie nicht, womit sie es zu tun hatten, und er konnte nicht ausschließen, dass sie sich in Gefahr brachte, wenn sie weiter auf eigene Faust und ohne Unterstützung Ermittlungen anstellte. Er beschloss, sie direkt am nächsten Morgen anzurufen.

»Diego, bist du da?« Die Stimme seiner Frau drang aus dem Flur und riss ihn aus seinen Gedanken.

Inés kam zu ihm ins Büro. Sie trug das rote Nachthemd aus Seide, das er ihr zum letzten Geburtstag geschenkt hatte, und schaute ihn verschlafen an.

»*Hola, Cariño.* Ich wollte gerade zu dir ins Bett

kommen.« Er streckte die Arme aus, zog sie zu sich und gab ihr einen Kuss auf die Stirn.

»Wie war dein Tag? Gibt es irgendwelche Hinweise auf euren Mörder?«

»Frag lieber nicht.« Diego blickte seiner hübschen Frau ins Gesicht. Er konnte sich wirklich glücklich schätzen, dass Inés seinen Beruf und die damit verbundenen Arbeitszeiten akzeptierte und ihn immer unterstützte. Für ein paar Augenblicke wollte er jetzt nicht mehr an die Arbeit denken – an den Fall, bei dem sie nicht weiterkamen, an den geflüchteten Verdächtigen, den Druck vom Polizeichef und die eigenmächtig ermittelnde Hannah.

»Lass uns ins Schlafzimmer gehen«, flüsterte er seiner Frau ins Ohr.

24.

Es war zwar erst 7:30 Uhr am Morgen, doch in der Altstadt von Santiago herrschte reger Betrieb. Kleine Kastenwagen belieferten die Restaurants mit frischer Ware und die ersten Pilger waren auch schon auf den Beinen. In den engen Gassen war kein Durchkommen mehr.

Hannah lief von Josés Wohnung zu Carmens Apartment. Glücklicherweise meinte das Wetter es heute gut mit ihr. Sie blickte zum klaren, wolkenlosen Himmel hinauf. Es war zwar noch etwas frisch, aber der Wetterbericht sagte Sonnenschein und fast 30 Grad für den Tag voraus. Auf dem Weg kaufte Hannah sich einen schwarzen *Café para llevar.* Sie merkte die drei Gläser Rotwein, die sie gestern Abend mit María getrunken hatte. Trotz der späten Uhrzeit, zu der sie ins Bett gegangen war, war sie heute Morgen bereits um 5 Uhr wach geworden. Als sie auch nach mehreren Versuchen nicht wieder einschlafen konnte, hatte sie beschlossen, ein bisschen Yoga zu machen. Nach dem

Duschen hatte sie sich dann spontan überlegt, Albas Mutter direkt einen Besuch abzustatten. Die ältere Dame war sicherlich schon wach und eine bessere Idee hatte Hannah im Moment nicht. Und ein bisschen ermitteln würde ihr guttun, denn sie wollte noch nicht an den morgigen Tag denken. Dann würde sie nämlich Tim wiedersehen, der mittlerweile in Santiago eingetroffen war und sich für Leons Familie um die Überführung des Leichnams kümmern wollte. Hannah hatte etwas Bauchschmerzen vor dem Treffen. Sie hatte aus dem Telefonat mit Tim nicht heraushören können, wie es ihm ging. Außerdem fiel es ihr schwer, andere zu trösten, wenn sie selbst traurig war.

Ihr Handy klingelte. Es war eine spanische Nummer. Hannah meldete sich deshalb mit einem freundlichen »*Hola*«.

»*Hola* Hannah, hier ist Diego. Gut, dass ich dich so früh erreiche. Ich komme auch gleich zur Sache. Mir ist zu Ohren gekommen, dass du gestern Abend in einem Restaurant Nachforschungen zu Verena und Alba angestellt hast.«

Hannah schluckte. Der letzte Satz war nicht als Frage gemeint gewesen und Diegos Tonlage zeugte davon, dass er sauer war. Sie überlegte kurz, wie sie sich herausreden konnte, beschloss aber dann, bei der Wahrheit zu bleiben.

»Ja, das stimmt. Ich konnte einfach nicht ruhig bleiben und musste etwas unternehmen.« Sie erzählte Diego in knappen Worten, welche neuen Informationen sie gewonnen hatte.

Nachdem sie geendet hatte, schwieg Diego zunächst. Dann räusperte er sich. »Hannah, ich kann verstehen, dass es dir als Polizistin schwerfällt, nicht selbst zu ermitteln. Aber: Du musst auf unsere Arbeit vertrauen. Wir sind dran und waren kurz nach dir im Restaurant. Dieses Mal kann ich noch ein Auge zudrücken. Du darfst allerdings nicht noch einmal eigenmächtig handeln, du hast hier keinerlei Befugnisse. Und alleine ermitteln kann gefährlich sein – das muss ich dir nicht erklären, denke ich. Ich sehe mich sonst gezwungen, deinen Vorgesetzten in Deutschland zu informieren.«

Die letzten Worte waren sehr bestimmt aus Diegos Mund gekommen. Mit ihm schien nicht zu spaßen zu sein.

Hannah stand unter Strom, nachdem sie aufgelegt hatte. Ihr ging es gar nicht darum, dass sie den spanischen Kollegen nicht vertraute. Ihr Problem war eher, dass sie die Polizistin in ihr nicht so einfach abschalten konnte. Obwohl sie gerade eine klare Ansage bekommen hatte, blieb sie bei ihrem Plan, Carmen zu besuchen. Ihr Gefühl sagte ihr, dass das notwendig war. Natürlich hatte sie Angst davor, ihren Job zu riskieren, aber es ging um das Leben von Verena und ihrer Verlobten. Und es konnte ihr ja keiner verbieten, sich mit Albas Mutter zu treffen und nett zu unterhalten, redete sie sich ein.

Bereits nach dem ersten Klingeln vernahm sie das Summen des Türöffners. Carmen musste sie aus dem ersten Stock ihrer Wohnung gesehen haben. Im Treppenhaus nahm Hannah immer zwei Stufen auf einmal.

Albas Mutter begrüßte sie an der Tür. »Gut, dass Sie da sind, ich wollte Sie sowieso anrufen«, sagte sie auf sehr gebrochenem Englisch, sodass Hannah Mühe hatte, den Satz zu verstehen.

»Haben Sie von Alba und Verena gehört?«, fragte Hannah, die leicht aus der Puste war, hoffnungsvoll. Dazu nutzte die Polizistin eine Übersetzungsapp auf ihrem Handy und deutete auch Carmen an, in das Mikrofon des Geräts zu sprechen.

Blechern übersetzte die Computerstimme: »Und ob! Kommen Sie schnell herein.«

Sie setzten sich an den runden Tisch im Esszimmer.

»Dieser Brief kam gestern Nachmittag mit der Post. Ich habe Ihnen ja gleich gesagt, dass den beiden nichts passiert ist.« Carmen legte einen zusammengefalteten, hellrosa Zettel auf den Tisch.

Hannah faltete den Brief auseinander und las:

Liebe Familie und Freunde,

macht euch keine Sorgen, uns geht es gut. Wir haben die Stadt verlassen und uns eine getrennte Auszeit genommen. Es ist uns klar geworden, dass das mit uns keine Zukunft hat.
Deshalb möchten wir euch auf diesem Wege auch mitteilen, dass die Hochzeit nicht stattfinden wird. Wir bitten um euer Verständnis. Lasst uns ein bisschen

Zeit, wir melden uns bei euch, sobald wir bereit sind.

Eine Umarmung,
Alba und Verena

Der Brief war sowohl auf Spanisch als auch auf Deutsch verfasst. Hannah erkannte die schwungvolle Handschrift von Verena. Sie schüttelte den Kopf. Ihr Herz begann vor Aufregung zu pochen. Das konnte nicht sein. Verena und Alba waren doch noch vergangene Woche so glücklich miteinander gewesen. Und jetzt eine plötzliche Trennung, ohne mit irgendjemandem persönlich darüber gesprochen zu haben? Das ergab keinen Sinn. Jedoch war der Brief eindeutig von ihrer Freundin geschrieben worden.

»Haben Sie bemerkt, dass es zwischen den beiden kriselte?«, fragte Hannah ohne Umschweife.

»Nicht direkt, aber es ist für mich wirklich nicht verwunderlich. Eine Beziehung zwischen zwei jungen Frauen – es war mir klar, dass das für Alba nur eine ihrer Phasen war.«

Hannah schüttelte es innerlich bei so viel Unverständnis, äußerlich blieb sie aber gelassen. »Kann ich den Brief mitnehmen? Und den Briefumschlag auch?«

Carmen nickte und verschwand in die Küche. Derweil zückte Hannah ihr Handy und machte ein Foto vom Brief. Er war das einzige Lebenszeichen. Sie musste der spanischen Polizei Bescheid geben und ihnen das Beweismittel zur Verfügung stellen.

Nun steckte sie aber in einer Zwickmühle. Wenn sie ihnen den Brief vorlegte, würde sie damit auch zugeben, dass sie sich direkt nach dem Anruf von Diego dessen Anweisungen widersetzt hatte. Das könnte ihr Karriereaus bedeuten.

Carmen kam mit dem Umschlag zurück und unterbrach damit ihre Überlegungen. Sie schaute ihn an. Die Adresse war maschinell darauf gedruckt worden. Was ihr direkt ins Auge fiel, war der Poststempel.

»Der Brief wurde hier in Santiago abgestempelt. Das ist doch komisch, oder? Im Brief behaupten Verena und Alba, dass sie Santiago bereits verlassen hätten.«

Hannah nahm wahr, wie sich Carmens Gesicht rötete und diese kurz zu Boden blickte.

»Sie sind bestimmt noch in der Nähe und wollen einfach ihre Ruhe.«

Mehr Informationen bekam Hannah nicht aus Carmen heraus und so verabschiedete sie sich von ihr. Auf der Straße vor dem Haus grübelte sie, wie sie den Brief der Polizei geben konnte, ohne dass sie sich Ärger einhandelte – oder noch schlimmer, dass Diego bei Achim anrief. Sie war sich sicher, dass sie von Diego keine weitere Chance bekommen würde. Er hatte sich klar ausgedrückt und sie hatte direkt nach der Absprache gegen diese verstoßen. Aber was war mit César, dem jungen Polizisten? Sie hatte seine Handynummer bekommen, für den Fall, dass ihr noch etwas Wichtiges einfallen sollte. Einen Versuch war es wert.

Sie wählte. Als César ans Telefon ging, kam sie direkt zum Punkt. Er hörte ihr zu, ohne sie zu unterbrechen. Dann schlug er vor, sich in 20 Minuten in einem Café in der Altstadt zu treffen. Hannah konnte aus dem Telefonat nicht heraushören, was César von ihren eigenmächtigen Ermittlungen hielt, wertete es aber als gutes Zeichen, dass er nicht direkt Diego Bescheid sagte, sondern sich außerhalb des Kommissariats mit ihr traf.

Auf dem Weg zum Café, welches sich, wie Hannah mithilfe der Karte auf ihrem Handy herausgefunden hatte, in der Nähe des *Parque de Alameda* am Anfang der *Zona Vieja* befand, wurde die Sonne immer kräftiger. Die Kommissarin genoss die Wärme auf ihrem Gesicht. Wären die Umstände nicht so kompliziert und traurig gewesen, sie hätte sich glatt in die kleine Stadt verlieben können. An jeder Ecke traf sie auf Pilger, die glücklich über die zurückgelegten Kilometer und die Ankunft in Santiago strahlten. In den Restaurants, die den Weg zierten, frühstückten Einheimische und Touristen in entspannter Eintracht. Es roch nach Sommer und frischen Waffeln. Hannah verspürte für einen Moment die Unbeschwertheit, die sie sich für den Urlaub gewünscht hatte. Sie verflog aber wieder, als sie César sah, der bereits am Eingang des Cafés auf sie wartete. Der für einen Spanier außergewöhnlich große Mann hätte wohl auch als Türsteher durchgehen können, hätte Hannah nicht gewusst, dass es sich bei ihm um einen Polizisten handelte. Statt wie beim letzten Mal Uniform trug er jetzt eine ausgewaschene Blue Jeans und ein enganliegendes schwarzes T-Shirt, das seine Oberarmmuskeln betonte. Er war wohl, ganz im Gegensatz zu Hannah, ein überaus disziplinierter Fitnessstudiobesucher.

»*Hola*, Hannah, setzen wir uns doch und lass uns direkt zur Sache kommen«, brummte er ihr auf Englisch mit ausgeprägtem spanischen Akzent zu und deutete auf einen etwas versteckten Tisch in der rechten Ecke.

Sie setzen sich und Hannah legte den Brief und den Umschlag auf den Tisch und schilderte César ihre Zweifel. Dieser hörte nur zu und stellte zunächst keine Fragen.

Hannah ergänzte ihre Beobachtungen vom Gespräch mit Carmen: »Ich habe das Gefühl, die Frau verschweigt mir etwas. Als ich sie auf den Poststempel angesprochen haben, ist sie meinem Blick ausgewichen und rot angelaufen.«

»Und was sind deine Schlussfolgerungen daraus? Warum sollte Carmen etwas verheimlichen? Denkst du, sie weiß, wo ihre Tochter ist? Oder hat sie selbst etwas mit dem Verschwinden zu tun?«

»Ihr Verhalten könnte das nahelegen, ja. Egal, wie schlecht das Verhältnis zwischen ihr und ihrer Tochter auch sein mag, ihr Desinteresse am Verschwinden kommt mir gespielt vor. Sie zeigt keine Angst, was dafür sprechen könnte, dass sie etwas weiß, was sie beruhigt.«

César blickte den Brief schweigend an. Hannah verbrannte sich vor Aufregung fast am heißen

Kaffee, den sie mittlerweile serviert bekommen hatten.

Nach einer gefühlten Ewigkeit sagte César: »Ich rede jetzt mal Klartext mit dir. Ich weiß, dass Diego dir weitere Alleingänge verboten hat. Ich kann aber verstehen, dass du nicht untätig herumsitzen und warten willst. Würde ich auch nicht tun. Deshalb mein Vorschlag: Lass uns zusammenarbeiten – natürlich inoffiziell. Dieses Gespräch zwischen uns hat nie stattgefunden.«

César musste ihr die Überraschung angesehen haben und ergänzte: »Warum ich das mache? Ganz einfach, ich kann es nicht leiden, wenn durch Überkorrektheit und Bürokratie eine Ermittlung nicht vorankommt. Das ist uns bei einem unserer letzten Fälle auf die Füße gefallen und hat beinahe ein Menschenleben gekostet. Ich habe mir geschworen, es in Zukunft einfach darauf ankommen zu lassen. Manchmal muss man eben zu unkonventionelleren Mitteln greifen. Und du scheinst eine gute Polizistin zu sein, warst mir bisher immer einen Schritt voraus. Spätestens der Brief beweist, dass hier etwas ganz und gar nicht stimmt. Ich gehe mittlerweile auch davon aus, dass die beiden Frauen entführt worden sind.«

Hannah schluckte. Die Schlussfolgerungen über das Verschwinden von Verena und Alba so deutlich ausgesprochen zu hören, machte ihr dann doch zu schaffen, obwohl ihr selbst längst klar gewesen war, dass sie es mit einer Entführung zu tun haben mussten. Sie zwang sich zu einem Lächeln.

»*Muchas gracias,* César, das weiß ich zu schätzen. Wie wollen wir jetzt weiter vorgehen?«

»Ich nehme den Brief mit ins Labor. Vielleicht können wir Spuren darauf finden. Ich sage Diego, dass ich selbst bei Carmen war und sie mir den Brief gegeben hat. Ich rufe dich später an. Was hast du vor?«

»Ich möchte nochmal bei der Nachbarin vorbeischauen, vielleicht kann Paola sich an etwas erinnern. Wenn der Mann aus dem Lokal ein Stalker war, hat er den Frauen vielleicht auch in der Nähe des Hauses aufgelauert.«

Hannah ließ sich von César das Versprechen abnehmen, ihn auf dem Laufenden zu halten. Dann gingen sie in unterschiedliche Richtungen auseinander.

25.

Eine zehnköpfige Mannschaft inklusive dreier Spürhunde hatte die Kollegen von der Nachtschicht abgelöst und war seit den ersten Sonnenstrahlen auf der Suche nach *Señor* Perez – bislang allerdings ohne Erfolg.

Diego stand neben dem Auto und blickte auf den Laptop, den er auf das Dach gestellt hatte. Auf dem Bildschirm war eine Karte der Umgebung abgebildet. Fernanda saß mit offener Tür auf dem Beifahrersitz und hatte ein Tablet in der Hand. Ihr verstauchter Knöchel war mit einer Bandage geschont. Die Polizisten hatten das Waldstück, in dem sie den Verdächtigen vermuteten, in verschiedene Abschnitte unterteilt. Doch außer einigen Fußabdrücken hatten die Spürhunde noch nichts entdecken können. Diego und Fernanda hatten sich vor dem Haus postiert, weitere Kollegen waren am Hintereingang sowie auf den Seiten des Hauses platziert, falls der Flüchtige zurückkehren sollte.

Fernanda griff zu ihrem Funkgerät. »Irgendetwas Neues?«

»Nein, alles ruhig hier.«

Diego versuchte, professionell zu bleiben und die Ruhe auszustrahlen, die sein Team jetzt brauchte. Innerlich war er aber aufgewühlt. Nachdem der Polizeichef sich bislang verdächtig wenig in den Fall eingemischt hatte, hatte er ihm am Morgen Druck gemacht. Damit hatte Diego gerechnet. Die Flucht des Verdächtigen war, wie zu erwarten, nicht gut bei ihm angekommen, auch wenn sie sich nichts vorzuwerfen hatten. Sie hatten ja nicht ahnen können, dass es zu einer Flucht kommen würde. Dennoch wollte sein Chef bis zur Pressekonferenz am nächsten Tag vorzeigbare Fortschritte und am besten einen gefassten Verdächtigen. Leider stockten ihre Ermittlungen gerade. Die Spurensicherung hatte ihm bereits mitgeteilt, dass im Auto von Gutiérrez keine Spuren gefunden worden waren, die Rückschlüsse auf einen Leichentransport zulassen würden. Das wäre aber auch zu einfach gewesen!

Die nachdenkliche Stille wurde von Handyklingeln unterbrochen. Schnell griff Diego in seine Hosentasche, zog das Handy hervor und schaute auf das Display. Es war César.

»*Hola*, was gibt es?«

»Gerade ist ein Anruf eingegangen. Wir haben eine neue Leiche mit Kreuzkette. Dieses Mal vor der *Igrexa de Santa Baia de Arca*. Es ist wohl eine Frau.«

»Das hat uns gerade noch gefehlt. Wir setzen uns sofort ins Auto. Sind in einer Viertelstunde da.«

Diego wollte schon auflegen, als er César noch sagen hörte: »Chef, noch was. Wir können Fernando Díaz als Verdächtigen ausschließen. Er war die ganze Zeit in Madrid.«

»Madrid? Das musst du mir nachher genauer erklären. Wir treffen uns in Arca.«

Nachdem er aufgelegt hatte, bemerkte er Fernandas fragenden Blick. Sie konnte sich aus den Wortfetzen, die sie gehört hatte, wohl nichts Sinnvolles zusammenreimen.

»Es ist eine neue Leiche aufgetaucht, wir müssen sofort los!«Mehr Infos gab Diego ihr zunächst nicht. Er informierte die Kollegen, dass sie den Einsatz alleine zu Ende bringen mussten.

Im Auto erklärte er seiner Kollegin, was César am Telefon durchgegeben hatte.

Fernanda überlegte laut: »Wieder an einer Kirche auf dem Jakobsweg, wieder eine Kreuzkette. Aber dieses Mal eine Frau. War das geplant? Und denkst du, wir können nun Julio Perez als Verdächtigen ausschließen?«

»Was die Frau betrifft: Vielleicht hat der Täter seine Vorliebe geändert. Oder aber es gibt eine andere Verbindung zwischen den Opfern und das Geschlecht ist für ihn zweitrangig. Bezüglich Perez sollten wir keine voreiligen Schlüsse ziehen. Ich halte es zwar auch für eher unwahrscheinlich, dass er heute Nacht, während er auf der Flucht vor uns war, einen Mord begangen hat. Allerdings wissen wir nicht, wie lange die Leiche schon dort liegt und wann das Opfer getötet wurde. Von hier aus nach Arca ist es nicht weit. Außerdem sollten wir nicht außer Acht lassen, dass unser Täter nicht alleine handeln und Perez sein Komplize sein könnte. Vor allem, wenn er die Kreuzketten gekauft hat. Das wäre auch ein möglicher Grund für seine Flucht.«

Die restliche kurze Fahrt schwiegen sie einvernehmlich. Diego war aufgekratzt und musste tief durchatmen, als er vor der Kirche aus dem Wagen stieg.

»Soll ich dir helfen, Fernanda?«, fragte er und blickte auf Fernandas Fuß.

Diese schüttelte energisch den Kopf. »Das geht schon. Gib mir einfach nur die Krücken aus dem Kofferraum, den Rest bekomme ich selbst hin.«

Fernanda hatte ihm am Morgen erzählt, dass der Arzt ihr geraten hatte, den Fuß die nächsten Tage nicht stark zu belasten. Er wollte sie eigentlich auch eine Woche krankschreiben, was Fernanda vehement von sich gewiesen hatte. Das wunderte Diego auch nicht, er hatte von seiner Kollegin nichts anderes erwartet. Es hätte auch keinen Zweck gehabt, als Chef ein Machtwort zu sprechen. Dazu war sie einfach zu stur. Und Diego musste zugeben, dass sie sich aktuell keinen Ausfall leisten konnten. Ein Serienmörder machte keine Pause.

Er kniff die Augen zusammen. Durch die dunkle Tönung seiner Sonnenbrille konnte er einen Mann in einem weißen Gewand erkennen. Das musste der Priester sein, der den Notruf abgesetzt hatte. Sonst war noch kein Kollege vor Ort. Er und Fernanda waren am nächsten am Fundort gewesen und mit Blaulicht hatten sie die Stecke in nur 10 Minuten geschafft. Er wies Fernanda an, den Geistlichen zu begrüßen und schnappte sich selbst ein Absperrband, um den Fundort zu sichern. Das hätte sonst Fernanda gemacht, aber wegen ihrer Verletzung übernahm Diego das für sie. Immerhin würden sie hier, wie auch in Arzúa, recht wenige Probleme mit Schaulustigen bekommen. Für Pilger war es noch zu früh und Journalisten verirrten sich bestimmt nur selten in dieses Örtchen.

Es war sehr ruhig auf dem kleinen Platz vor der Kirche. Die Stille wurde nur durch gelegentliches Vogelgezwitscher durchbrochen. Diego schaute zum blauen, wolkenlosen Himmel hinauf und blickte dann auf die einladende grüne Eingangstür der Kirche. Ringsherum um das kleine Gotteshaus mit dem Glockenturm war es ebenfalls sehr grün. Ein großer Busch blühte gelb und hohe Bäume spendeten Schatten. Wäre da nicht die Leiche gewesen, hätte dieser Ort eine Oase der Ruhe sein können.

In der Entfernung konnte er den Motor eines Autos hören. Als es näher kam, sah Diego, dass César nicht alleine unterwegs war, sondern Claude im Schlepptau hatte. Nach einer kurzen Begrüßung schlüpfte die Rechtsmedizinerin gleich in ihren Schutzanzug und machte sich direkt ans Werk. Diego hatte ihr dieses Mal absichtlich den

Vortritt gelassen und sich die Leiche noch nicht von Nahem angeschaut.

Er wandte sich an César: »Bevor wir uns um die Leiche kümmern, gib mir bitte ein kurzes Update zu Fernando Díaz. Was hat er in Madrid gemacht?«

»Er war dort, um sich mit den Organisatoren der *Overtourism*-Proteste in der Hauptstadt zu verknüpfen. Heute ist er wieder nach Santiago zurückgekehrt.«

»Und warum hat er sich dann fälschlicherweise krankgemeldet?«

»Er hat mir erzählt, dass er keinen Urlaub nehmen konnte, da viele Kollegen jetzt im Sommer frei haben. Und das Treffen war ihm sehr wichtig. Da hat er keine andere Möglichkeit gesehen, als eine Krankheit vorzutäuschen. Das wird ihn wahrscheinlich jetzt den Job kosten, denn natürlich kann er keine offizielle Krankschreibung eines Arztes nachreichen. Ist allerdings nicht mehr unsere Sache. Ich habe alles überprüft, seine Angaben stimmen.«

»Hast du ihn auch zu unserem Flüchtigen befragt?«

»Zu Perez? Ja, natürlich.«

Diego nahm Césars beleidigten Tonfall wahr. Er zweifelte eigentlich nicht an dessen Können. Allerdings nahm César es seit dem letzten Fall nicht mehr ganz so genau mit den Vorschriften, was ihm als Chef zu denken gab.

»Leider konnte Díaz mir nicht viel über ihn sagen. Er meinte, Perez wäre zwar schon länger Teil der Gruppe, hätte sich aber immer eher zurückgehalten und nur wenig Kontakt zu den anderen gehabt. Vor Kurzem aber hätte sich das geändert. Díaz hatte das Gefühl, dass Perez plötzlich radikalere Ansichten gegenüber Touristen vertrat. Einen Grund dafür konnte er mir aber nicht nennen. Jedenfalls wollte Perez eine größere Rolle innerhalb der Gruppe übernehmen. Deshalb fungiert er jetzt wohl als eine Art Pressesprecher für die Bewegung, was auch sein Interview in der Zeitung erklärt.«

Ihr Gespräch wurde von Claude unterbrochen, die sie zu sich rief. Sie kniff die Augen zusammen, sodass zwei Falten über ihrer Nase entstanden und rückte dann ihre Brille zurecht, bevor sie anfing, zu sprechen: »Kurz und knapp: Unser Opfer ist eine junge Frau. Die Verletzungen konzentrieren sich auf ihren Oberkörper und Kopf. Wie ihr sehen könnt, ist die Leiche etwas weniger mitgenommen als die letzte. Von meinem Standpunkt aus sieht es so aus, dass der Täter aufgrund der Statur der Frau weniger Schläge gebraucht hat, um sie zu töten – unter der Prämisse, dass auch dieses Mal kein Gift im Spiel war. Vielleicht hatte er aber auch weniger Wut in sich. Oder schlichtweg weniger Zeit. Was auch immer – das müsst ihr rausfinden. Den Todeszeitpunkt kann ich zwischen 2 und 4 Uhr heute Nacht eingrenzen.«

Erst jetzt beugte sich Diego nach vorne, um einen genaueren Blick auf die Leiche zu werfen. Das Erste, was ihm ins Auge fiel, waren die schwarzen, lockigen Haare, die fast bis zur Brust reichten und sehr zerzaust waren. Das Opfer trug eine dunkelblaue, kurze Cargohose und ein hellgrünes T-Shirt, auf dem ein Holzkreuz lag. An den Füßen trug die Frau klassische Sportschuhe.

Er schluckte und drehte sich um: »Fernanda, kannst du bitte kommen? Und dein Tablet mitbringen?« Diego sah, wie seine Kollegin etwas zum Priester sagte und dann mit den Krücken zum Auto lief. Mit dem Tablet unter dem Arm geklemmt und den Krücken in der Hand lief sie konzentriert auf sie zu.

»Was gibt's?«, blickte sie ihn erwartungsvoll an.

»Kannst du das Bild von Verena und Alba öffnen, das Hannah uns geschickt hat?«

Fernanda schien zu verstehen, denn sie blickte auf das, was noch vom Gesicht der Leiche übrig war, bevor sie auf ihrem Gerät wischte. Sie hielt das Bild so, dass es neben Diego auch César und Claude sehen konnten.

»Das ist sie«, erklärte César und deutete mit dem Finger auf Alba. »Schaut euch die Haare an.«

Fernanda schüttelte den Kopf. »So sicher bin ich mir da nicht, César. Ja, es ist eine gewisse Ähnlichkeit zwischen unserem Opfer und der Verlobten von Hannahs Freundin vorhanden, was Größe und Statur betrifft. Aber die Locken sind irgendwie anders.« Sie zoomte auf die Haare.

Diego musste Fernanda zustimmen. Die Locken des Opfers waren viel kleiner als die von Alba – zumindest, soweit er das mithilfe des Fotos beurteilen konnte.

»Ich stimme mit César überein«, meldete sich jetzt auch Claude zu Wort. »Wenn ich mir nämlich das Foto so anschaue, denke ich, dass es nicht ganz der Wahrheit entspricht.«

Diego verstand nicht, worauf Claude hinauswollte. »Wie meinst du das?«

Claude deutete auf die Haare von Alba auf dem Foto: »Schaut euch doch mal an, wie makellos das Gesicht aussieht. Und wie leuchtend die Farben sind. Das Bild wurde mit dem Handy gemacht und es wurde ein Filter darübergelegt. In Zeiten von Social Media ist das nichts Besonderes. Das machen heutzutage alle. Aber es kann dazu führen, dass Gesichter oder Haare anders wirken, als sie in Wirklichkeit sind. Ich kenne das von meiner Tochter.«

Diego wusste von Claudes Teenager-Tochter, die ein ausschlaggebender Faktor für den Umzug von Paris in das beschaulichere Santiago gewesen war. Bevor er antworten und Claude loben konnte, kam ihm César zuvor.

»Wir müssen sofort Hannah Bescheid sagen!«

»Stopp, nicht so schnell. Bevor wir nicht den DNA-Abgleich haben, wenden wir uns nicht an Hannah. Hast du mittlerweile die Zahnbürsten von Alba und Verena ins Labor gebracht?«

César nickte. Sein errötetes Gesicht zeugte davon, dass er mit dem Vorgehen nicht einverstanden war. Diego beschloss, Césars Missmut zu ignorieren. Er wandte sich Fernanda zu und bedeutete ihr, sich mit ihm zusammen von der Gruppe zu entfernen.

»Claude hat mir erklärt, dass der Tod zwischen 2 und 4 Uhr heute Morgen eingetreten ist. Das heißt, Perez könnte es gewesen sein.«

Fernanda schaute ihn skeptisch an. »Denkst du wirklich, er ist so kaltblütig und organisiert, um noch auf der Flucht einen weiteren Mord zu begehen? Und wie soll er das logistisch angestellt haben? Er hätte dazu ein Auto gebraucht. Seines steht nach wie vor in der Garage. Dann hätte er die Frau noch töten und an der Kirche ablegen müssen. Ich denke, dass das eher unwahrscheinlich ist. Apropos Auto, ich habe noch etwas Interessantes vom Priester erfahren. Ihm ist, kurz bevor er an der Kirche ankam, ein silberner Kombi aufgefallen, der mit sehr schneller Geschwindigkeit an ihm vorbeigefahren ist.«

»Schon wieder? Ein Kennzeichen hat er wahrscheinlich nicht erkennen können, wenn das Auto so schnell war?«

Fernanda schüttelte den Kopf.

»Perez möchte ich trotzdem nicht ganz ausschließen. Er könnte auch ein Auto gestohlen haben -«

Sein Handy klingelte und unterbrach das Gespräch. Als er abnahm, hörte er die tiefe Stimme seines Chefs, der im Befehlston sprach: »In 5 Stunden gibst du eine Sonderpressekonferenz. Bis dahin brauchst du Ergebnisse. Besorg mir den Namen des Opfers. Alle verfügbaren Beamten sollen dir bei der Suche helfen.«

Diego stöhnte innerlich. Das hatte ihm jetzt gerade noch gefehlt.

»Wir müssen los. Lass uns alles Weitere auf dem Kommissariat durchgehen.« Er ging auf César zu, der konzentriert auf seinem Handy tippte und deshalb nichts mitbekommen hatte, und erklärte ihm, dass er bei ihnen mitfahren und Claude sein Auto überlassen sollte.

26.

Hannah saß am Küchentisch und schluckte schwer. Tränen liefen ihr über die Wangen. Sie war unfähig, sich zu bewegen oder gar nachzudenken. Mit der Nachricht, die sie gerade bekommen hatte, hatte sie nicht gerechnet. Hannah hörte, wie die Küchentür geöffnet wurde. José, der soeben von einer Wanderung nach Hause gekommen war, betrat das Zimmer.

»Was ist passiert?«

Hannah konnte sich nicht mehr zusammenreißen und fiel José schluchzend um den Hals. Dieser nahm sie in den Arm, drückte sie und stellte erst einmal keine Fragen.

Nach einigen Minuten hatte sich Hannah etwas beruhigt und antwortete mit brüchiger Stimme: »César, der Polizist, der mit dem Verschwinden von Verena und Alba betraut ist, hat mir gerade geschrieben. Inoffiziell. Sie haben heute Morgen eine Leiche in Arca gefunden. Er ist zwar noch nicht sicher, aber es besteht wohl die Möglichkeit, dass es sich um Alba handelt.«

Hannah sprach die Worte aus und fing wieder an zu weinen. José versuchte, sie zu trösten. Nachdem Hannah ihm auf die Frage, warum sie denn inoffizielle Informationen bekam, geantwortet hatte, erklärte er:

»Ich verstehe, dass du Angst hast, Hannah. Aber wenn sie sich noch nicht sicher sind, gibt es auch noch Hoffnung. Was auch immer passiert, ich bin für dich da.«

Hannah schaute José an. Er hatte recht, noch hatte sie keine Gewissheit. Aber gerade das machte es ihr so schwer. Einerseits war sie dankbar darüber, dass César sie wie versprochen informiert hatte, andererseits konnte sie nun nichts anderes tun, als abzuwarten, was die DNA-Analyse brachte. Denn offiziell wusste sie ja nichts von der Leiche.

»Danke José. Ich muss mich jetzt irgendwie ablenken. Ich schaue nochmal bei Paola vorbei. Vielleicht kann sie sich jetzt daran erinnern, ob es in der letzten Zeit besondere Vorkommnisse gegeben oder ein Mann sich in der Nähe aufgehalten hat.«

»Soll ich dich begleiten? Wir könnten mein Auto nehmen.«

Hannah überlegte. Zu Fuß waren es rund 15 Minuten. Es würde ihr guttun, ein bisschen frische Luft zu schnappen.

»Nein, ich möchte gern allein hinlaufen. Außerdem bist du bestimmt müde und willst dich ein bisschen ausruhen. Ich melde mich, sobald ich etwas Neues weiß.«

◆ ◆ ◆

Mit schnellen Schritten lief Hannah durch die Altstadt. Heute hatte sie keinen Blick für die Schönheit der kleinen Gassen und das bunte Treiben, das wegen des tollen Wetters in den zahlreichen Cafés und Kneipen herrschte. Äußerlich konnte man Hannah die Angst nicht ansehen – sie hatte die rotgeweinten Augen mit Make-up überdeckt und zusätzlich eine große Sonnenbrille aufgesetzt. Doch in ihrem Inneren herrschte Chaos. Gedanken und Spekulationen vermischten sich und die Kommissarin war froh, als sie endlich das gelbe Haus sah, in dem sich Paolas Wohnung befand.

Paola begrüßte sie herzlich und bugsierte sie zum Sofa. Dann verschwand sie in der Küche und kam wenig später mit einem Tablett zurück. Darauf befanden sich zwei dampfende Tassen Kaffee, ein Milchkännchen, eine Flasche Wasser mit den passenden Gläsern sowie eine Schale mit selbstgebackenen Keksen. Hannah musste lächeln. Paola erinnerte sie an ihre verstorbene Großmutter, die ebenfalls immer für das leibliche Wohl ihrer Gäste gesorgt und grundsätzlich etwas Selbstgebackenes im Haus hatte, für den Fall, dass Besuch kommen würde. Hannah bedankte sich und tunkte einen Keks in ihren Milchkaffee, bevor sie zu reden begann. Sie hatte die Übersetzungsapp eingeschaltet. Die Überraschung auf Paolas Gesicht sprach davon, dass sie noch nie zuvor eine solche App benutzt hatte. Aber die alte Dame verstand schnell und antwortete auf Hannahs Frage.

»Wenn ich jetzt nochmal darüber nachdenke: Da war tatsächlich ein Mann. Ich habe ihn ein paar Mal unten vor der Haustür gesehen. Zuerst dachte ich, dass es sich um einen neuen Mieter handeln muss. Auf diesem Stockwerk stehen zwei Wohnungen leer. Aber ich habe mit Pilar gesprochen und sie meinte, es gebe noch keine neuen Mieter.« Sie bemerkte Hannahs fragenden Blick und fügte hinzu: »Verzeihe, Pilar ist meine Nachbarin aus dem ersten Stock. Wir sind seit Jahren befreundet.«

»Wann genau hast du den Mann gesehen? Und kannst du ihn beschreiben?«

Paola antwortete nach einer kurzen Pause. »Mein Gedächtnis ist leider nicht mehr das beste. Ich glaube, es dürfte etwa drei Wochen her sein, als ich ihm zum ersten Mal begegnet bin. Er stand unten vor der Tür und blickte nach oben. Ich bin gerade von meinem wöchentlichen Spielenachmittag nach Hause gekommen. Er ist dann hinter mir ins Haus gegangen. Dann bin ich ihm noch ein paar Mal im Flur und im Aufzug begegnet. Deshalb habe ich auch angenommen, dass er hier eingezogen wäre. Gesprochen habe ich mit ihm aber nicht. Er schaute immer auf sein Handy und wirkte abweisend.« Sie machte eine Pause und trank einen Schluck Wasser, bevor sie weitererzählte. »Was sein Aussehen betrifft, bin ich mir nicht mehr so sicher. Ganz jung war er nicht mehr, vielleicht Mitte 50. Und sonst sah er normal aus.«

»Weißt du noch, was er anhatte?« Hannah spürte ein Kribbeln in ihrem Bauch.

Paola schüttelte den Kopf. »Irgendetwas Unauffälliges. Aber er trug so eine neumodische Mütze mit Schild.«

Die Kommissarin hatte neue Hoffnung geschöpft. Die Beschreibung des Unbekannten von Paola stimmte ungefähr mit der des Gasts überein, die sie vom Kellner bekommen hatte. Der Mann konnte etwas mit dem Verschwinden ihrer Freundinnen zu tun haben.

Hannah bedankte sich bei Paola und klingelte, nachdem sie die Wohnung verlassen hatte, an vier weiteren Wohnungstüren auf dem Stockwerk. Bei zwei machten ihr die Bewohner auf. Der erste konnte allerdings keine neuen Hinweise liefern. Bei Pilar, der Freundin von Paola, hatte Hannah mehr Glück. Sie hatte den Mann ebenfalls bemerkt.

»Ich glaube, er hatte auch sein Auto bei uns in der Garage stehen. Ich bin einmal spätabends von einem Geburtstag nach Hause gekommen und er kam mir mit einem Auto entgegen. Es war silberfarben.«

Nervös kratzte Hannah sich am Kopf. Sie musste herausbekommen, wer der Mann war. Mitten in ihren Gedanken vibrierte ihr Handy. Sofort nahm sie es in die Hand. Eine Nachricht von César.

Hola *Hannah, wo bist du gerade? Lass uns in*

10 Minuten am Café treffen, ich habe Neuigkeiten.

Hannah schlug das Herz bis zum Hals. Ging es um Alba? War sie die Tote? Oder war es ein gutes Zeichen, dass César sie wieder außerhalb des Kommissariats treffen wollte?

Vor Aufregung wäre sie fast über eine rote Ampel gelaufen. Ein Auto hupte und sie hob entschuldigend die Hand. Je näher sie in Richtung Café kam, desto aufgeregter wurde sie. Dass César noch nicht davorstand, machte sie noch unruhiger. Trotz der Hitze hatte sie eine Gänsehaut und zitterte. Endlich sah sie den Polizisten mit großen Schritten auf sich zukommen. Sein Gesicht war wie versteinert. Sie konnte nichts darin lesen.

»Hannah, es tut mir leid -«, begann er.

Hannah wurde schwindelig. Sie hielt sich die Hand vor den Mund, um nicht laut loszuschluchzen.

»Nein, *Dios Mío*, so war das nicht gemeint. Die Tote ist nicht Alba. Ich wollte sagen, dass es mir leidtut, dich grundlos in Panik versetzt zu haben.«

Hannah hatte das Gefühl, dass die tausend Steine, die ihr vom Herzen fielen, für jedermann laut zu hören sein mussten. Sie brauchte einen Moment, bevor sie wieder etwas herausbrachte. »Seid ihr euch sicher?«

»Ja. Die DNA-Analyse steht zwar noch aus, aber wir haben den Zahnstatus der Leiche mit dem von Albas Zahnarzt verglichen, damit es schneller geht. Es konnte keine Übereinstimmung festgestellt werden. Wir stehen ganz schön unter Druck. Diego muss gleich eine Sonderpressekonferenz zu den Morden geben. Und wir haben noch keinen Anhaltspunkt zur Identität des neusten Opfers.«

Hannah war das alles gerade ziemlich egal. Im Moment war sie nicht in der Lage dazu, als Polizistin zu denken. Das Einzige, was für sie zählte, war, dass noch Hoffnung bestand, Verena und Alba lebend zu finden.

»Und ich habe noch etwas.« Er zog einen Zettel aus der Tasche und breitete ihn auf dem Tisch aus, an den sie sich mittlerweile gesetzt hatten. Hannah erkannte, dass es sich um eine Kopie des Briefes von Verena handelte.

Im Café herrschte reger Betrieb. Menschen redeten lebhaft durcheinander. Hannah musste lauter sprechen, als sie sich das bei diesem Thema gewünscht hätte, um mit César kommunizieren zu können. »Was hast du gefunden?«

»Ich habe mir den Brief von Verena intensiv angeschaut. Die ganze Zeit kam mir etwas komisch daran vor. Als ich auf das Ergebnis des Abgleichs gewartet habe, habe ich es endlich gesehen.« Er deutete auf den Brief. »Verena hat sowohl die spanische als auch die deutsche Version in einer schwungvollen Schreibschrift geschrieben.«

Hannah nickt ungeduldig. »So schreibt Verena immer – schon seit der Schulzeit. Deshalb bin ich mir sicher, dass sie den Brief selbst geschrieben hat.«

»Daran zweifle ich auch gar nicht«, erwiderte César ruhig. »Aber mir ist noch etwas an der Schrift aufgefallen. Schau mal hier.« Er zeigte auf die vor ihnen liegende Kopie des Briefs. »Und hier, hier und hier.«

In beiden Versionen des Briefs waren jeweils fünf Buchstaben mit einem gelben Textmarker markiert. Erst blickte Hannah fragend darauf, dann endlich verstand sie, was César meinte: Wenn man ganz genau hinschaute, waren die Buchstaben weniger schwungvoll geschrieben als die restlichen.

»Wow, das wäre mir nie aufgefallen, du hast ein gutes Auge«, lobte Hannah ihn.

»Und es kommt noch besser. Schau mal was passiert, wenn man die unterstrichenen Buchstaben zu Wörtern zusammensetzt.«

Er deutete auf zwei von ihm handschriftlich angemerkte Wörter, die bisher von seinem Arm verdeckt worden waren:

AYUDA
HILFE

Hannah las sie laut vor und brauchte einen Moment, um das Gelesene zu begreifen.

César kam ihr zuvor: »Also hast du die ganze Zeit recht gehabt. Ihnen ist wirklich etwas passiert und sie sind ganz und gar nicht freiwillig verschwunden, wie es uns der Brief weismachen sollte. Endlich haben wir einen konkreten Beweis.«

Hannah schluckte. Ein Hilferuf! Verena und Alba schwebten möglicherweise in Lebensgefahr. »Konntet ihr weitere Spuren auf dem Brief oder dem Umschlag finden?«

»Leider nein. Der Entführer muss beim Einwerfen des Briefs Handschuhe getragen haben. Wir konnten lediglich Verenas Fingerabdrücke sicherstellen.«

Nachdem Hannah César noch kurz über den Besuch bei Paola in Kenntnis gesetzt und vom Auto berichtet hatte, das von der Freundin der Nachbarin gesichtet worden war, verabschiedete sich dieser von ihr. Er musste der Pressekonferenz zu den Mordfällen beiwohnen und war zudem schon viel zu lange dem Kommissariat ferngeblieben.

Als Hannah das Café verließ, blickte sie auf ihr Handy. Ihr Display zeigte drei Anrufe in Abwesenheit an – alle von José. Er schien sich Sorgen um sie gemacht zu haben. Sie lächelte. In der kurzen Zeit, in der sie sich kannten, waren José und seine Frau ihr schon ans Herz gewachsen. Sie tippte auf seine Nummer und wählte.

»José, du hattest recht, die Tote ist nicht Alba! Dafür gibt es neue Hinweise, dass Verena und Alba nicht freiwillig verschwunden sind.«

»Ein Glück! Ich bin wirklich erleichtert, dass es nicht Alba ist. Hat die Polizei denn schon eine Ahnung, wer das Opfer ist? Und schon Hinweise auf den Täter?«

»Dazu darf ich dir nichts sagen. Außerdem werde ich natürlich nicht vollumfänglich von César informiert.« Sie berichtete ihm noch kurz vom Besuch bei Paola.

»Verstehe. Was hast du heute noch vor?«

»Um 19 Uhr bin ich mit Tim verabredet. Bis dahin arbeite ich von einem Café aus. Nach dem Treffen komme ich dann wieder zu euch in die Wohnung.«

27.

Eine Schar von Journalisten hatte sich im kleinen Presseraum im Rathaus von Santiago versammelt. Es herrschte Unruhe, alle redeten durcheinander. Angekündigt war, dass es gleich neue Informationen zum Fall *Pilgerschatten* geben sollte – so wie nicht nur die Polizei den Fall, sondern auch die Presse den Mörder getauft hatte. Diego war bereits da und hatte sich an das Rednerpult gestellt. Neben ihm stand Fernanda, die sich nervös auf ihre Krücken stützte. Diego wusste, dass seine Kollegin, so selbstbewusst sie auch meist wirkte und war, ungern vor Publikum sprach. Aus dem Augenwinkel sah Diego, wie César in den Saal huschte und sich in die letzte Reihe setzte. Typisch, mal wieder auf den letzten Drücker. Wo war er eigentlich die ganz Zeit gewesen? Nachdem sie von Arca zurückgekehrt waren, konnte er sich nicht daran erinnern, wann und warum César das Kommissariat verlassen hatte.

Es wurde leiser im Raum und die meisten Journalisten hatten ihre Blicke auf ihn gerichtet. Es war Zeit, anzufangen. Als er zu reden begann, beendeten auch die letzten Journalisten ihre Gespräche. Es war fast gespenstig ruhig und trotz der kleinen Größe des Saales hatte Diego das Gefühl, dass seine Stimme hallte.

»*Buenos días*, ich begrüße Sie zu unserer Pressekonferenz. Wie vorab bekanntgegeben, soll es heute um den sogenannten *Pilgerschatten* gehen. Ich mache es kurz: Heute Morgen wurde in Arca eine dritte Leiche gefunden.«

Ein Raunen ging durch den Saal, dann redeten alle durcheinander. Diego hob die Hand und räusperte sich, um anzudeuten, dass er fortfahren wollte. Das Gemurmel wurde wieder leiser.

»Ich möchte diese Pressekonferenz dazu nutzen, die Öffentlichkeit zu informieren und die Bürger um ihre Mithilfe zu bitten.« Bevor Diego weitersprechen konnte, stand ein Journalist auf und rief dazwischen.

»Das heißt also, Sie tappen weiterhin im Dunkeln? Ein kaltblütiger Mörder treibt sein Unwesen und jeder könnte das nächste Opfer sein?«

Erst jetzt erkannte Diego den Journalisten. Es war der Journalist, der den Zeitungsartikel veröffentlicht und den er deshalb befragt hatte. Scheinbar war der ihm nun nicht mehr grün.

Diego antwortete ihm ruhig: »Ich werde Ihnen später Zeit für Fragen einräumen. Jetzt würde ich Sie gerne auf den aktuellen Stand bringen.«

Er machte eine Pause und der Journalist verstand.

Er setzte sich wieder, auch wenn sein Gesichtsausdruck verriet, dass er mit der Antwort unzufrieden war.

Diego fuhr souverän fort. »Uns ist es bereits gelungen, das letzte Opfer zu identifizieren. Es handelt sich um eine französische Pilgerin.«

Wieder machte sich Getuschel im Saal breit, das Diego dieses Mal jedoch einfach überging. »Es gibt einen gesicherten Zusammenhang zwischen den Opfern: Alle waren Pilger-Touristen, die den Jakobsweg entlangwanderten. Wir möchten deshalb vor allem all diejenigen auffordern, sich bei uns zu melden, denen eine der drei Personen auf ihrem Weg begegnet ist. Jeder Hinweis kann entscheidend sein. Meine Kollegin Fernanda Márquez«, er blickte zu seiner linken Seite, »wird Ihnen die entsprechenden Fotos der drei Opfer zur Verfügung stellen. Alle drei Opfer wiesen stumpfe Gewaltauswirkung auf und trugen ein Holzkreuz an einer Kette. Letzteres konnten Sie ja bereits aus einem Zeitungsbericht erfahren.«

Dass die Opfer zuvor wahrscheinlich mit K.o.-Tropfen ruhiggestellt worden waren und dass bei Bernauers Tod zusätzlich Gift mit im Spiel war, ließ Diego absichtlich aus. Er wollte nicht, dass noch mehr Täterwissen an die Öffentlichkeit gelangte und damit Nachahmungstätern Tür und Tor geöffnet würde.

»Außerdem fahnden wir nach einem silbernen Kombi, der in der Nähe der letzten beiden Tatorte gesehen wurde und mit den Morden in Zusammenhang stehen könnte. Sie erhalten ebenfalls ein Bild mit dem Fahrzeugmodell von uns. Das Kennzeichen enthält wahrscheinlich die Zahlen 2 und 1. Falls jemandem ein solches Auto am *Camino* oder der Kathedrale aufgefallen ist oder sonst verdächtig vorkam, bitten wir um Meldung. Soweit der neuste Stand der Ermittlungen. Nun stehe ich Ihnen für Fragen zur Verfügung.«

Ein Dutzend Hände schnellten nach oben.

»Ja«, rief Diego und deutete auf eine Journalistin in der vordersten Reihe.

»Was ist mit Verdächtigen? Warum haben Sie noch niemanden verhaftet?«

»Bislang haben unsere Ermittlungen keinen Anlass dazu gegeben, jemanden in Gewahrsam zu nehmen. Ich bitte Sie um Verständnis, dass ich hier nicht weiter in die Details gehen kann.«

Bevor er den Nächsten aufrufen konnte, sprach wieder der Journalist dazwischen, der ihn schon zuvor unterbrochen hatte.

»Also stimmt es, es gibt keine konkreten Vermutungen und die Polizei ist weiterhin ahnungslos. Da stellt sich mir die Frage, was hier schiefläuft.«

Die Menschen im Saal begannen zu tuscheln und warteten sensationslüstern auf eine Entgleisung von Diego.

Dieser ließ sich jedoch auch dieses Mal nicht provozieren. »Wie Sie wissen, müssen wir bei laufenden Ermittlungen abwägen, welche Details wir mit der Öffentlichkeit teilen können. Für eine Verhaftung brauchen wir immer stichhaltige Beweise. Nur weil wir niemanden in Gewahrsam genommen haben, heißt das nicht, dass es keine Verdächtigen gibt. Sie sehen mir bestimmt nach, dass ich deren Namen nicht mitteilen will und kann.«

»Können Sie uns etwas zu den Tatorten sagen?«, fragte eine andere Journalistin.

Diego war froh über den Themenwechsel. Tatsächlich hatten sie mittlerweile den Tatort gefunden, an dem Leon Burkowski ermordet worden war. Er war nicht sehr weit von der Unterkunft der Pilger entfernt gewesen. Wahrscheinlich gerade so weit, dass die anderen Wanderer nichts mitbekommen konnten. Aufgrund des Regens, der in der Mordnacht gefallen war, waren viele der Spuren allerdings unbrauchbar gewesen. Nur ein Stofffetzen von Leons Unterhose sowie einige wenige Bluttropfen von ihm, die von der dichten Krone eines Baumes geschützt worden waren, zeugten davon, dass es sich um den Tatort handelte.

Nachdem Diego diese und weitere Fragen ausführlich beantwortet hatte, war er zufrieden. Die Öffentlichkeit würde ausreichend Informationen bekommen und er war sich sicher, dass sie einige telefonische Hinweise erhalten würden. Wie brauchbar diese dann waren, dass musste sich allerdings erst noch herausstellen.

»Ich möchte hiermit die Pressekonferenz beenden. Sobald wir relevante Neuigkeiten haben, werden wir sie mit Ihnen teilen.« Mit diesen Worten stand er auf und lief geradewegs auf die Tür zu.

Die Reporter machten Fotos und füllten mit ihren lauten Stimmen den Raum.

28.

Schon zwei Mal hatte Verena das Gefühl gehabt, die nächste Stunde nicht zu überleben. Nach einem der beiden Asthmaanfälle musste sie wieder bewusstlos gewesen sein – für wie lange wusste sie nicht. Seit der letzten Nachricht hatte der Entführer sich nicht mehr bei ihr gemeldet. Wie viel Zeit seitdem vergangen war, konnte sie nicht einschätzen. Sie hatte kein Wasser mehr. Und sie wusste, dass sie es nicht mehr lange in diesem kleinen, engen Raum ohne Tageslicht aushalten würde. Die Panikattacken nahmen stetig zu und machten ihr das Atmen schwer. Nur die Gedanken an Alba gaben ihr noch etwas Hoffnung. Sie musste durchhalten – für ihre Freundin und die Liebe.

Um sich etwas auszuruhen, versuchte sie, zu schlafen. Gerade als sie gedacht hatte, eingeschlafen zu sein, wurde sie von einem Geräusch geweckt. Sie blickte zur Luke, doch die öffnete sich nicht. Es war auch gar kein Quietschen, sondern eine verzerrte, männliche Stimme. Es klang so, als würde jemand über ein Megafon zu ihr sprechen. Verena fröstelte. Sie konnte das Gesagte nicht verstehen, obwohl sie mit aller Kraft versuchte, zuzuhören. Was, wenn die Botschaft des Entführers über Leben und Tod entschied, sie ihn aber nicht verstand? Wollte er ihr etwas antun? Verena atmete immer schneller. Nein, nein, nein, sie durfte jetzt nicht hyperventilieren. Aber sie konnte sich nicht mehr beruhigen. Sie rollte zur Seite und hielt sich die Brust. Sie würde es nicht schaffen.

29.

Obwohl es schon Abend war, war das Kommissariat voll besetzt. Diego hatte keine Überstunden für seine Mitarbeiter anordnen müssen, denn die meisten von ihnen arbeiteten seit Beginn der Mordfälle sowieso freiwillig Tag und Nacht und mussten nicht extra dazu aufgefordert werden.

»Noch immer keine Neuigkeiten von unserem Flüchtigen?«, fragte er Fernanda.

Sie hatte ihren verletzten Fuß auf einen Hocker hochgelegt, schüttelte den Kopf und zuckte noch mit den Schultern. »Leider gibt es noch immer keinen Anhaltspunkt, wohin er geflüchtet sein könnte. Die Hunde haben seine Spur im Wald verloren und an seinem Haus ist er nicht wiederaufgetaucht.«

»Dann müssen wir uns etwas anderes überlegen. Lass uns unsere Tafel mit den neusten Erkenntnissen vervollständigen.« Diego stand auf und stellte sich, mit einem schwarzen Stift bewaffnet, vor ihre Übersichtstafel.

»Zunächst einmal zu unserem letzten Opfer – ich bin froh, dass wir die Identität so schnell klären konnten.« Er notierte den Namen ›Amélie Dupin‹ neben die beiden schon bekannten Namen der ermordeten Pilger. Amélie war mit ihrer Frau zusammen von Frankreich aus gepilgert. Ihre Spur verlor sich, wie auch die von Bernauer und Burkowski, kurz bevor sie zu einer der letzten Etappen nach Santiago aufbrechen wollte.

»Was ich nicht verstehe: Das verbindende Element zwischen den Opfern ist eindeutig. Alle drei waren Touristen und Pilger. Allerdings ist unser drittes Opfer weiblich und nicht aus Deutschland. Heißt das, der Täter schnappt sich einfach wahllos Ausländer, die auf dem Jakobsweg nach Santiago de Compostela pilgern?« Fernanda legte ihren Kopf schief, bevor sie ergänzte: »Und da wäre noch eine weitere Gemeinsamkeit zwischen zwei der drei Getöteten. Wie Bernauer war auch Dupin homosexuell. Denkst du, wir müssen Homophobie als Motiv doch in Betracht ziehen? Allerdings passt Leon nicht eindeutig ins Bild.«

Sie mussten in alle Richtungen ermitteln und durften keine Möglichkeit außer Acht lassen. Dennoch war Diego der Meinung, dass es zunächst vernünftig war, sich auf das bislang einzige gesicherte verbindende Element zu fokussieren.

»Ok, was haben wir denn noch?«, überlegte er laut, nachdem er das Wort ›Homophobie‹, versehen mit einem Fragezeichen, auch hinter den

Namen des neuen Opfers gesetzt hatte. »Laut Amélie Dupins Partnerin ist ihre Frau gegen 24 Uhr gestern Abend in Arca verschwunden. Sie wollte noch ein paar Nachtaufnahmen vom Ort machen, ist von ihrer kleinen Tour aber nicht zurückgekehrt. Das heißt, sie muss ihrem Mörder unterwegs begegnet sein. Claude konnte den Todeszeitpunkt nach der Obduktion noch mehr einschränken. Gestorben ist Dupin zwischen 2 und 3 Uhr. Da es auch diesmal keine Abwehrverletzungen gibt, muss der Täter sie ebenfalls betäubt haben. Die Kollegen vor Ort konnten noch keinen möglichen Tatort finden. Es ist aber sehr wahrscheinlich, dass dieser in Arca liegt. Denn ich denke nicht, dass der Täter die betäubte Dupin in sein Auto gepackt und sie an einem anderen Ort getötet hat, nur um sie dann wieder nach Arca zurückzubringen und sie vor der Kirche abzulegen.« Diego notierte die Zeiten sowie den Tatort ›Arca‹ auf der Tafel. Die Spalte ›Beweismittel‹ war, bis auf die Kreuzketten und den Rucksack von Bernauer, leer. »Warum haben wir eigentlich nur bei Bernauer einen Rucksack gefunden?«

»Das habe ich mich auch schon gefragt«, sagte Fernanda. »Ich könnte mir vorstellen, dass das einen ganz einfachen Grund hat. Bernauer war alleine unterwegs. Wir wissen nicht, wo genau er sich befunden hat, als er verschwand. Burkowski und Dupin hatten auf ihrer Pilgerreise Begleitung und waren bereits in ihrer Unterkunft für die Nacht angekommen, als sich ihre Spur verlor, und hatten deshalb die Rucksäcke schon abgestellt. Bei

Leon Burkowski wissen wir nicht, ob er etwas bei sich trug, als er das Zimmer verließ. Dupin hatte laut ihrer Freundin ihre Kamera und ihr Mobiltelefon mitgenommen. Vielleicht finden wir beides noch am Tatort. Oder, der Täter oder jemand anderes hat die Sachen gesehen und eingesteckt. Dass der Täter den Rucksack von Bernauer mitgenommen hat, kann darauf hindeuten, dass er den Mann draußen auf der Strecke aufgegriffen hat, als er seinen Rucksack noch trug. Und irgendwie musste der Täter den Rucksack loswerden – er war ein Beweisstück.«

»Apropos Unterkünfte: Mir ist da was aufgefallen.« Diego deutete auf die Landkarte, auf der sie die Pilgerherbergen von Burkowski und Dupin mit einer Stecknadel markiert hatten. »Beide Opfer haben nicht in den bekannten Unterkünften geschlafen, sondern eher etwas abseits vom Touristenstrom. Vielleicht war das bei Bernauer auch der Fall. Das würde auch erklären, warum wir bis jetzt noch nicht fündig geworden sind. Kannst du später weitere Unterkünfte abtelefonieren und dabei deinen Fokus auf die kleineren legen?«

»Sehr gut gesehen, Diego. Klar, das mache ich! Vielleicht ergibt sich so eine neue Spur.«

Nachdem Diego und Fernanda sich noch weitere Notizen gemacht hatten, gesellte sich César zu ihnen. Er hatte ihnen bereits von seiner Entdeckung im Brief von Verena berichtet. Doch jetzt mussten sie sich um den Serienmörder kümmern.

»Ok, dann lasst uns mal auf unsere Verdächtigen

schauen.«
Diego machte einen Schritt nach rechts, sodass César und Fernanda freie Sicht auf die Tafel hatten. ›Álvarez Gutiérrez‹ und ›Julio Perez‹ stand in Großbuchstaben geschrieben darauf. Neben den Namen waren die bisherigen Ermittlungsergebnisse notiert worden:

Álvarez Gutiérrez: Wohnungsbesitzer, Ex-Angestellter Knabenchor Kathedrale, sehr religiös, homophob, Bernauers Rucksack wurde in seiner leerstehenden Wohnung gefunden. Wohnung nicht Tatort. Keine Alibis für die Morde. Gespräch mit seinem Vorgesetzten hat Radikalisierung in letzter Zeit bestätigt. Fährt silbernen Kombi, Kennzeichen: 2134 FLL, keine Spuren im Auto.

Julio Perez: Käufer der Holzkreuzketten?, Landschaftsgärtner, neuer Pressesprecher der Overtourism-*Bewegung, flüchtig, keine Informationen zum aktuellen Aufenthaltsort oder möglichen Alibis. Befragung der weiteren Nachbarn hat keine neuen Hinweise ergeben, fährt blaue Limousine.*

Unter den beiden Namen stand noch der Name ›Fernando Díaz‹, den Diego jetzt aber mit dem schwarzen Stift schwungvoll durchstrich.

»Leider sind die Erkenntnisse ziemlich dünn. Gegen Gutiérrez haben wir nichts Konkretes in der Hand. Ich habe vorhin nochmals telefonisch mit ihm gesprochen. Er hat auch für den Mord an Dupin kein Alibi. Er behauptet, alleine zu Hause gewesen zu sein. Seine Frau war in der Nachtschicht im Krankenhaus.«

César warf ein: »Reicht das denn nicht? Er hat keine Alibis und der Rucksack lag in seiner Wohnung. Sein Autokennzeichen passt. Außerdem hat sein ehemaliger Chef dir doch bestätigt, dass seine religiösen Ansichten selbst aus dem Blickwinkel der katholischen Kirche in der letzten Zeit fundamentalistische Züge angenommen haben.«

»Das Auto haben wir schon untersuchen lassen und keinerlei Spuren gefunden. Deswegen genehmigt uns der Staatsanwalt keine Hausdurchsuchung und schon gar keine dauerhafte Überwachung. Wir können froh sein, dass er uns die Hausdurchsuchung bei Julio Perez genehmigt hat. Wenn dieser nicht geflüchtet wäre, hätten wir auch hier eine schlechte Ausgangslage gehabt.«

César wirkte beleidigt. Trotzig erwiderte er: »Wirklich weitergebracht hat uns die Hausdurchsuchung nicht. Die Kollegen konnten nichts Auffälliges entdecken. Das einzig Illegale war ein Päckchen Marihuana.«

»Könnten wir es denn nicht doch mit zwei verschiedenen Tätern zu tun haben? Immerhin stehen wir immer noch vor dem Rätsel, warum beim ersten Mord Gift mit im Spiel war.« Mit ihrer Frage entschärfte Fernanda die Diskussion zwischen Diego und César.

»Du meinst, ein Nachahmungstäter hat auf den Zeitungsbericht hin den Mord kopiert? Dagegen sprechen die sehr ähnlichen Hämatome bei den

Opfern. Claude hat mir bestätigt, dass die Verletzungen auf Oberkörpern und Gesichtern fast übereinstimmen. Lediglich bei Dupin sind die Verletzungen weniger stark.« Diego strich nach seiner Erklärung ›Trittbrettfahrer?‹ auf dem Board durch.

César runzelte die Stirn, sagte aber nichts dazu.

»An was denkst du, César?«, animierte ihn Diego daraufhin.

César zögerte. »Ich bin der Meinung, wir sollten uns mehr auf das Tatmotiv fokussieren. Kann es wirklich Zufall sein, dass zwei der drei Opfer offen homosexuell sind? Und mir ist noch was eingefallen.«

Diego merkte, dass er auf seine Bestätigung wartete. »Nur zu.«

»Ich frage mich, ob es einen Zusammenhang zwischen dem Verschwinden von Verena und Alba und den Morden geben könnte. Natürlich sind die beiden keine Touristen. Aber es macht mich stutzig, dass auch sie homosexuell sind. Wie wir festgestellt haben, hat der Täter bereits seine Vorgehensweise geändert. Außerdem ist da noch das silberne Auto, das eine Nachbarin um den Zeitpunkt der Entführung herum gesehen haben will.«

Diego musste zugeben, dass er kurz aufgehorcht hatte, als César ihm vom silbernen Wagen berichtet hatte. Allerdings war gefühlt jedes zweite Auto in Spanien heute silberfarben. Und die restlichen Fakten sprachen gegen einen Zusammenhang, weshalb er zurückgab: »Aber warum sollte der Täter die beiden Frauen entführen, mehrere Tage gefangen halten und sie nicht direkt töten? Das entspricht ganz und gar nicht seinem Modus Operandi. Und der Brief passt noch weniger dazu. Wenn Homosexualität das Tatmotiv sein soll, dann *muss* der Täter auf dem Pilgerweg mit den Opfern in Kontakt gekommen sein. Wie hätte er sonst davon erfahren -«

Bevor Diego weitersprechen konnte, kam ein Polizist ins Büro gerannt.

»Die Kollegen der Autobahnpolizei haben Perez geschnappt.«

30.

Die letzten Stunden hatte Hannah in einem Café gesessen. Eigentlich war ihr Plan gewesen, zu arbeiten und weitere Recherchen anzustellen. Stattdessen hatte sie die ganze Zeit überlegt, wie sie sich Tim gegenüber beim Treffen verhalten sollte. Am Ende musste sie einsehen, dass es keinen Sinn ergab, sich darüber den Kopf zu zerbrechen. Sie kannte Tim viel zu wenig. Die vier gemeinsamen Tage bei der Wanderung reichten nicht aus, um einschätzen zu können, wie Tim auf den Verlust seines besten Freundes reagieren würde. Konnte man so was überhaupt vorhersagen?

Als er vor ihr stand, sagte sie das einzig Sinnvolle. »Hey Tim.«

»Hallo Hannah, schön, dich zu sehen.«

Tim ignorierte Hannahs ausgestreckte Hand und umarmte sie stattdessen. Als Hannah danach in Tims braune Augen blickte, spürte sie ein leichtes Ziehen in der Magengegend und ihr Herz pochte ein kleines bisschen schneller. Sie wusste, was das bei ihr zu bedeuten hatte. Sofort rief sie sich in Erinnerung, dass der Grund des Treffens ein sehr trauriger war. Sie setzten sich.

»Wie geht es dir?« Beide fragten gleichzeitig und mussten trotz ihrer Traurigkeit schmunzeln.

»Du zuerst«, forderte Hannah ihn auf.

»Wenn ich ehrlich bin, geht es mir den Umständen entsprechend ganz okay. Ich war bislang mit den vielen organisatorischen Dingen beschäftigt und hatte deshalb wenig Zeit zu trauern. Außerdem hat mich die Polizei mehrmals befragt, aber ich konnte ihnen leider nicht weiterhelfen.« Er schaute Hannah direkt in die Augen. In seinem Blick konnte sie seine Trauer erahnen. »Ich wollte dir nochmal dafür danken, dass du in Arzúa so schnell die Polizei gerufen hast und mit mir in Kontakt geblieben bist.«

Hannah winkte ab. »Ach, das war doch selbstverständlich. Mir tut es sehr leid, was passiert ist.«

»Danke Hannah, das bedeutet mir wirklich viel.«

Tim lächelte und für einen kurzen Augenblick vergaß Hannah alles um sich herum – das Café, die lauten Stimmen der anderen Gäste und ihre Sorgen.

»Hannah, alles in Ordnung?«

Sie setzte sich wieder aufrecht in ihren Stuhl. Tim sah sie erwartungsvoll an. »Sorry, ich war gerade in Gedanken«, sagte sie hastig und ihr Gesicht wurde heiß. Mist, bestimmt war sie gerade rot angelaufen.

»Ich wollte nur wissen, wie es dir geht und wie du deine Zeit hier in Santiago verbringst.«

Sollte sie Tim wirklich erzählen, was seither alles passiert war? Vom Verschwinden von Alba und Verena? Sie wollte eigentlich nicht, dass ihre Sorgen in den Vordergrund rückten, denn Tim hatte gerade seinen besten Freund verloren und es war nicht angebracht, ihn mit weiteren schlechten Nachrichten zu belasten. Andererseits brachte sie es nicht übers Herz, ihn anzulügen.

Hannah atmete tief durch und begann zu erzählen.

Als sie fertig war, bedachte Tim sie mit einem Blick, den Hannah nicht deuten konnte. Er hatte die ganze Zeit nur zugehört und keine Rückfragen gestellt. Ab und zu ein Kopfschütteln oder ein Nicken, mehr nicht. War er überfordert mit der Situation? Als er aufstand, bereute Hannah ihre Offenheit. Dann öffnete er die Arme.

»Lass mich dich kurz in den Arm nehmen.«

Sie war zwar überrascht, ließ es aber geschehen. Wenn sie sich unter anderen Umständen getroffen hätten, hätte aus ihnen vielleicht etwas werden können. Als sie sich wieder setzten, schob sie den Gedanken beiseite. Ihre Priorität lag aktuell auf anderen Dingen.

»Was darf ich dem jungen Paar denn noch bringen?« Ein kleiner, untersetzter Kellner sprach sie auf Englisch an, bevor sie das Gespräch fortsetzen konnten. Sie lachten darüber und bestellten jeweils eine Cola.

»Ach Hannah, du tust mir so leid. Eigentlich sollte es für dich ein schöner Urlaub werden und jetzt? Wie schaffst du es, das auszuhalten?«

»Indem ich mich ablenke und selbst ermittle – wobei ich hier natürlich eigentlich keine Befugnisse habe. Leider.« Sie überlegte, ob sie ihn nach etwas fragen sollte, das schon länger in ihrem Kopf herumschwirrte, oder ob sie ihn damit verletzen würde. Sie beschloss, es zu riskieren: »Tim, darf ich dich was Persönliches fragen?«

Als dieser nickte, nahm sie all ihren Mut zusammen. »Wart Leon und du ein Paar?« Da er nicht direkt antwortete, fügte sie hinzu: »Oder hatte Leon einen Freund?«

Tim lächelte und Hannah fiel ein Stein vom Herzen. Sie schien ihn nicht verletzt oder verärgert zu haben.

»Nein, Leon und ich waren kein Paar. Ich stehe eher auf Frauen«, zwinkerte er ihr zu. »Was Leon betrifft …«, er schluckte, »betraf: Auch er war heterosexuell.«

Hannahs Handy vibrierte. Sie zog es aus der Tasche und zögerte, was Tim zu bemerken schien.

»Geh ruhig ran.«

»Ja?«, meldete sich Hannah. Niemand sagte etwas, Hannah konnte nur ein leichtes Rauschen vernehmen.

»Hallo?«, versuchte sie es erneut und warf einen Blick auf die angezeigte Nummer. Sie hatte eine spanische Vorwahl.

»*Hola*?« Nun konnte sie die kratzige Stimme einer

Frau hören, die unsicher etwas auf Spanisch sagte, was Hannah allerdings nicht verstand. Nach ein paar Sekunden wusste die Kommissarin, wen sie am anderen Ende der Leitung hatte. »Paola?«

Verenas Nachbarin bejahte und sagte dann nur drei Wörter, die Hannah trotz ihrer schlechten Spanischkenntnisse verstand.

»*Alba está aquí.*« – Alba ist hier.

31.

Nach dem Anruf von Paola hatte Hannah José Bescheid gegeben. Danach war sie mit Tim in dessen Mietwagen mit viel zu hoher Geschwindigkeit zu Albas und Verenas Wohnung gefahren. Nun standen Tim und Hannah, schwer atmend, da sie die Treppenstufen im Eiltempo genommen hatten, vor Paolas Wohnungstür.

Die ältere Frau öffnete ihnen, deutete sofort auf die Nachbartür und sagte: »Alba.«

Hannah klingelte, doch auch nachdem einige Sekunden vergangen waren, machte niemand die Tür auf. Sie lauschte am Türrahmen und wollte sich schon abwenden, da sie dachte, Paola hätte sich getäuscht. Dann hörte sie ein Geräusch von drinnen. Sie drückte die Klinke herunter, doch die Tür war abgeschlossen.

»Da ist wer«, sagte sie aufgeregt zu Tim. Sie klopfte nochmals laut an die Tür. Sie blieb weiterhin verschlossen. »Alba, ich bin es, Hannah. Hab keine Angst! Mach mir bitte auf.« Sie konnte die vorsichtigen Schritte auf dem Holzfußboden in der Wohnung hören. Es knarzte. War vielleicht doch ein Einbrecher in der Wohnung und Paola hatte ihn nur nicht richtig gesehen? Hannah holte ihr Taschenmesser hervor.

»Was hast du vor?« Tim blickte sie skeptisch an.

»Ich muss wissen, wer da in der Wohnung ist.« Ohne eine weitere Erklärung setzte Hannah das Multifunktions-Tool am Türschloss an und hatte es nach kurzer Zeit geknackt. Behutsam drückte sie die Klinke nach unten und flüsterte Tim zu: »Du bleibst hier draußen. Mach Paola klar, dass sie in ihre Wohnung zurückgehen und die Türe schließen soll. Ich weiß nicht, was mich da drinnen erwartet.«

Vorsichtig betrat Hannah die Wohnung und schaute zunächst in die Küche und ins Bad. Beide Räume waren leer. Als sie weiter durch den Gang lief, streifte ihre Schulter ausversehen die freistehende Garderobe, die krachend zu Boden fiel. Hannah zuckte vor Schreck über den lauten Knall zusammen. Sie lief weiter in Richtung Wohnzimmer. Sie spürte einen Luftzug. Das Balkonfenster stand offen. Sie rannte darauf zu und blickte nach unten. Gerade noch so sah sie eine dunkelhaarige Gestalt, die unterhalb des nächsten Balkons verschwand. Es gab eine Art Feuerleiter an der Außenwand. Hannah holte tief Luft. Ihre Höhenangst ließ sie einen kurzen Augenblick zögern, doch dann dachte sie an ihre Freundin und kletterte die winzigen Sprossen hinab. Nur nicht hinunterschauen, du schaffst das, sprach sie sich Mut zu. Die Leiter war ziemlich alt und Hannah spürte, wie der rostige, splitternde Lack ihre Finger verletzte. Unten angekommen konnte sie die flüchtende Person nirgends mehr sehen. Sie rannte um die Ecke zur Straße.

Dort stand Tim – und hielt jemanden fest. Als sie näher kam, konnte sie es nicht glauben. Es war tatsächlich Alba.

32.

Julio Perez saß seit 2 Stunden im Vernehmungsraum und schwieg. Diego stellte ihm einen Kaffee hin. Fernanda saß hinter dem Spiegelglas des Vernehmungsraumes, damit sie ihren Fuß weiterhin hochlegen konnte.

»*Señor* Perez, ich versichere Ihnen, wenn Sie kooperieren, kann sich das nur positiv auf Ihre Situation auswirken. Um mit einer ganz einfachen Frage zu starten: Warum sind Sie vor uns geflüchtet?«

Perez blickte sich hilfesuchend um. »Ich möchte doch einen Anwalt.«

»Natürlich, wie vorhin erwähnt, ist das Ihr gutes Recht. Wen sollen wir für Sie anrufen?«

Perez diktierte ihm eine Nummer und Diego machte ein Zeichen Richtung Spiegel, sodass seine Kollegin verstand, dass sie den Anwalt kontaktieren sollte.

Nach einer weiteren, scheinbar nicht enden wollenden Stunde des Wartens auf den Anwalt, und einer Beratung zwischen ihm und seinem neuen Mandanten, konnte das Gespräch endlich fortgesetzt werden.

»Ich bin vor Ihnen geflüchtet, weil ich Angst bekommen habe. Es geht Ihnen bestimmt um die *Overtourism*-Proteste. Ich habe nichts getan. Ich bin nur der Pressesprecher und kann nichts dafür, wenn manche Mitglieder gewalttätig werden.«

»Nun mal langsam.« Diego hob beschwichtigend die Hand. »Wir haben nach Ihnen nur als Zeuge gesucht. Und ich habe Ihnen noch nicht gesagt, worum es geht. Wenn Sie nichts getan haben, warum sind Sie dann vor uns geflüchtet und haben sogar noch ein Auto gestohlen? Sie müssen zugeben, das macht Sie verdächtig.«

Perez wurde blass und Diego beschloss, direkt Druck auf den Verdächtigen auszuüben. »Stimmt es, dass Sie vorletzte Woche mehrere Ketten mit Holzkreuzen gekauft haben?«

Perez blickte unsicher zu seinem Anwalt und der nickte.

»Darum geht es Ihnen? Ich gebe zu, dass ich sieben dieser Holzkreuzketten gekauft habe. Aber nicht für mich, sondern für jemand anderen.«

»Und wer genau ist dieser Jemand?«

»Ich kenne seinen Namen nicht.«

Diego holte Luft. »Das verstehe ich nicht. Sie kaufen etwas für einen Menschen, den Sie gar nicht kennen? Das müssen Sie mir genauer erklären.« Er blickte in Richtung Perez, der mit seinem Anwalt tuschelte.

»Eigentlich war ich nur in der Altstadt, um selbst etwas zu verkaufen. Und dann kam so ein Typ, wollte etwas bei mir kaufen und sagte, er würde mir das Doppelte bezahlen, wenn ich ihm noch bei einer Sache helfen würde.«

So langsam verlor Diego die Geduld. Er wurde nur hingehalten und bekam keine brauchbaren Informationen. Er musste Perez zum Reden bringen.

»In Ordnung. Was genau wollten Sie verkaufen? Und jetzt drucksen Sie hier nicht so herum. Was auch immer es war, Ihr kleinkrimineller Quatsch interessiert mich nicht. Falls es sich um Marihuana handelt – das haben wir bereits bei der Hausdurchsuchung entdeckt. Die Lage ist ernst. Wir können Sie sonst auch direkt der drei Morde beschuldigen.«

Perez machte den Mund auf und wieder zu. Diegos Worte schienen zu wirken.

»Also gut, ich war in der Altstadt, um Gras zu verkaufen. Das mache ich manchmal – aber ich bin kein Dealer oder so. Das ist doch nicht strafbar.« Er schaute den Kommissar zerknirscht an. Sein schmales Gesicht wirkte fahl im Licht der Neonröhre. Perez verzog seinen Mund und wurde rot, als Diego nicht sofort antwortete. »Aber, das hab ich bis jetzt nur zwei- oder dreimal -« Sein leises und unsicheres Stottern wurde von Diego unterbrochen.

»Mir geht es allein darum, die Morde aufzuklären und weitere zu verhindern. Ihre Drogengeschäfte interessieren mich im Moment nicht. Können Sie den Mann beschreiben?«

»Er ist aus einem silbernen Kombi gestiegen. Das Kennzeichen hab ich mir aber nicht gemerkt. Er trug so einen langen, dünnen Regenmantel in schwarz und eine schwarze Base-Cap. Glaube, er war recht groß und mittelalt.«

»Konnten Sie unter der Mütze Haare sehen? Oder das Gesicht?«

»Haare habe ich keine gesehen und an das Gesicht kann ich mich nicht erinnern ... Wobei doch, eine Sache ist mir aufgefallen: Der Mann hatte blaue Augen.«

33.

Nachdem sie den ersten Schock verarbeitet hatten und Hannah der blass aussehenden Alba vor Freude um den Hals gefallen war, waren sie ins Haus gegangen und saßen nun alle auf dem Sofa im Wohnzimmer. Paola hatte ihnen *Café con leche* und kleine Kuchen als Stärkung mitgebracht. In der Zwischenzeit war glücklicherweise auch José eingetroffen. Obwohl Alba etwas Deutsch und Englisch sprach, konnte ein bisschen Unterstützung in Sachen Übersetzung nicht schaden. Und es war einfach persönlicher als die Computerstimme der Übersetzungsapp.

Alba erzählte der Gruppe von dem Albtraum der letzten Tage. Sie berichtete unter Tränen, wie sie in einem unbekannten, dunklen Keller aufgewacht war, vom Brief des Entführers, der wollte, dass sie ihre Sünden gesteht, dass er mit Verenas Tod gedroht hatte und, wie sie am Ende aus dem Keller freigekommen war: Nachdem der Entführer einen Briefumschlag mit einem Schlüssel unter der Türschwelle durchgeschoben hatte, konnte sie damit die Kellertür öffnen. Als sie das erzählte, zitterte sie am ganzen Körper. Hannah, die neben ihr saß, legte ihren Arm um sie und versuchte, sie zu trösten. Erst als Alba sich wieder ein bisschen beruhigt hatte, stellte Hannah vorsichtig Fragen.

»Was ist passiert, als du den Schlüssel hattest? Du konntest die Tür aufschließen und dann?«

»Ich bin durch einen schmalen Gang gelaufen und habe dann noch einen Brief gefunden, in dem -« Sie hustete.

Paola blickte Alba mitleidvoll an.

Hannah musste vorsichtiger fragen und wechselte zunächst das Thema. »Kannst du dich erinnern, wo genau dieser Keller war? Wie bist du hierher zurückgekommen?«

»Es gab eine Treppe, die zu einer im Boden eingelassenen Luke und dann ins Freie führte. Das Einzige, an das ich mich noch erinnere, sind große Orangenbäume. Jemand muss neben der Luke auf mich gewartet haben. Plötzlich habe ich einen Schlag auf den Kopf bekommen. Erkennen konnte ich nur, dass die Gestalt eine Art Baseballkappe trug. Ich muss sofort bewusstlos geworden sein. Ich bin dann hier in der Wohnung auf dem Sofa aufgewacht. Ich war mir nicht sicher, ob ich halluziniere und mir alles nur eingebildet habe. Doch dann lag dieser Brief auf dem Couchtisch. Es war der Brief, den ich im Kellergang gefunden hatte.«

Alba fasste in ihre Hosentasche, zog einen akribisch gefalteten Zettel hervor und gab ihn Hannah. Sie versuchte, ihn nur an den Ecken anzufassen, um etwaige Spuren des Täters nicht zu verwischen, faltete das rosafarbene Briefpapier auf und breitete den Brief auf dem Tisch vor ihnen aus. Da der Text auf Spanisch verfasst war, bat Hannah, José zu übersetzen.

Er las vor:

Liebe Alba,

wunderst du dich, dass du wieder zu Hause bist? Deine Freilassung hast du nur deiner Ex-Freundin Verena zu verdanken. Sie hat ihre Aufgaben erfüllt, nun bist du an der Reihe. Wenn du nicht willst, dass Verena in ihrem Verlies verhungert und verdurstet, musst du dich an meine Regeln halten. Sprich mit niemandem über das, was passiert ist. Sag deinen Freunden und deiner Familie, dass Verena und du euch getrennt und ihr deshalb Hochzeit und Adoption abgesagt habt. Kein Wort zu irgendjemandem, vor allem nicht zur Polizei, sonst stirbt Verena. Wenn du dich daran hältst, lasse ich Verena in einer Woche frei. Ihr dürft euch danach nicht mehr wiedersehen. Ich beobachte euch. Trefft ihr euch doch, werde ich euch töten.

Als José geendet hatte, war es still im Raum. Dann weinte Alba bitterlich. Nach kurzer Zeit begann sie, immer schneller ein- und auszuatmen. Hannah versuchte, sie zu beruhigen, doch es gelang ihr nicht.

»Sie hyperventiliert! Schnell, helft mir, wir brauchen eine Tüte«, rief Hannah, nachdem sie aufgesprungen war, den anderen zu.

Hannah sprintete in die Küche, wo sie am ehesten Tüten vermutete. Sie öffnete die Schubladen, durchsuchte alle Fächer, doch sie hatte keinen Erfolg.

»Tim, José, ich finde keine. Schnell, ich brauche Hilfe beim Suchen!« Ihre Stimme hatte einen panischen Klang angenommen. Sie hörte, wie jemand ins Bad ging.

»Ich habe eine!«, rief José.

»Beeil dich«, schrie Tim.

José und Hannah rannten zu Alba und José drückte ihr die Tüte in die Hand. Paola sah die Gruppe angsterfüllt an. Nachdem Alba ein paar Mal in die Tüte geatmet hatte, beruhigte sich ihr Atem wieder.

Hannah wartete, bis sie sicher war, dass Alba stabil genug war. »Alba, ich verstehe, dass du das Leben von Verena auf keinen Fall gefährden wolltest und deshalb vor mir geflüchtet bist. Aber ich kann dir aus Erfahrung sagen, dass es das Beste ist, dich der Polizei anzuvertrauen. Sie kann dich beschützen und verdeckt nach Verena suchen. Wir können nicht sicher sein, dass der Entführer sein Wort hält und Verena am Ende wirklich freilässt.«

Alba schüttelte den Kopf. »Was, wenn er mich wirklich beobachtet?«

Hannah lächelte. »Mach dir keine Sorgen, ich übernehme das und informiere die Polizei. Mittlerweile habe ich einen guten Draht zu ihnen.«

Alba blickte sie verständnislos an, bekam jedoch

keine Antwort. Wenn alles vorbei wäre, würde Hannah ihr berichten, was in den letzten Tagen geschehen war.

Als Ruhe eingekehrt war und sie den mittlerweile kalt gewordenen Kaffee getrunken hatten – der Appetit auf Kuchen war ihnen allen vergangen – fragte Tim: »Hannah, soll ich dich gleich zur Polizeiwache fahren?«

»Besser, du fährst mich in die Altstadt. Ich treffe mich dort mit dem zuständigen Polizisten.« Hannah hatte César bereits eine Nachricht geschrieben und sich mit ihm in ihrem Café verabredet.

»Ich kann so lange gern hier bei Alba bleiben«, bot José an.

Alba blickte unsicher den ihr unbekannten Mann an. Paola schlug vor, dass sie Alba Gesellschaft leisten konnte, damit sie nicht alleine sein musste. Dankbar nahm diese das Angebot an. Hannah versprach, so schnell wie möglich wiederzukommen.

»Dann mache ich mich auf den Heimweg«, sagte José und erhob sich vom Sofa.

Tim und Hannah schlossen sich ihm an.

34.

Es war bereits 21 Uhr, als Hannah an die Tür von Albas und Verenas Wohnung klopfte. Paola öffnete ihr und deutete ihr an, dass Alba schlief. Hannah bedankte sich bei der Nachbarin und gab ihr zu verstehen, dass sie sich ab jetzt um Alba kümmern würde.

Sie stellte ihre Tasche ab und ließ sich aufs Sofa fallen. Das Treffen mit César war aufschlussreich gewesen. Nachdem sie von Albas Auftauchen berichtet und ihm auch den neuen Brief übergeben hatte, den er direkt untersuchen lassen wollte, hatte dieser ihr zugestimmt, am nächsten Tag gemeinsam mit Carmen zu sprechen. Hannahs Bauchgefühl sagte ihr, dass sie vielleicht etwas aus der Frau herauskitzeln konnten, wenn sie ihr von Albas Martyrium berichteten. Und Césars durchaus einschüchternde Erscheinung konnte dabei nur von Vorteil sein. Sie mussten allerdings äußerst diskret vorgehen, denn es konnte sein, dass der Täter seine Drohung wahrmachte und Alba beobachtete.

César hatte ihr von den Ermittlungen im Fall *Pilgerschatten* berichtet. Die spanische Polizei hatte einen Mann geschnappt, der zwar sehr wahrscheinlich selbst als Mörder ausschied, ihnen aber eventuell Hinweise auf den Täter geliefert hatte. Diego und Fernanda waren zudem auf der Suche nach den zwei noch nicht gefundenen Tatorten. Davon erhofften sie sich weitere Hinweise. Sie hatten wohl einen Hauptverdächtigen, dessen Verhalten auffällig war und dessen silbernes Auto wahrscheinlich an zwei Tatorten gesehen worden war, aber ihnen fehlten handfeste Beweise. Hannah konnte das Vorgehen der spanischen Kollegen nachvollziehen. Bisher schien der Täter fast keine Fehler begangen zu haben. An keiner Leiche wurde Fremd-DNA gefunden. Es konnte aber gut sein, dass er sich beim Töten zu sehr in Sicherheit wiegte und am Tatort doch unbeabsichtigt Spuren hinterlassen hatte. Hannah hatte César zudem noch berichtet, dass sie der Meinung war, dass Leon nicht homosexuell gewesen war. Sie glaubte Tim.

Hannah grübelte weiter über die Morde nach, als sie ein Geräusch hörte. Es kam aus dem Schlafzimmer, dessen Tür nur angelehnt war. Alba schien Albträume zu haben. Auf Zehenspitzen schlich Hannah zum Zimmer und blickte hinein. Die Verlobte ihrer Freundin hatte sich wieder etwas beruhigt. Sie lag, trotz der Hitze, mit der Decke bis zum Kinn gezogen im großen Doppelbett und drehte sich gerade auf die andere Seite. Genauso leise, wie sie gekommen war, huschte Hannah wieder zurück zum Sofa. Sie musste Verena finden – egal wie! Und wenn sie damit noch 100 Mal gegen die Vorschriften verstieß, sie würde nicht aufgeben, bis sie ihre Freundin gefunden hatte.

Erschöpft vom Tag ließ Hannah ihren Kopf auf ein Kissen sinken, schloss die Augen und rollte sich auf dem Sofa zusammen. Fast im selben Augenblick fiel sie in einen tiefen, traumlosen Schlaf.

35.

Diego wälzte sich unruhig hin und her. Er konnte nicht einschlafen. Die Gedanken kreisten in seinem Kopf und er fand einfach keine Ruhe. Er hatte überlegt, wieder aufzustehen, doch er wollte Inés nicht wecken. Es grenzte sowieso ein Wunder, dass sie von seiner Unruhe noch nicht wach geworden war. Stattdessen rekapitulierte er nun die Ereignisse des Tages.

Die Befragung von Perez war eher enttäuschend verlaufen. Zwar konnten sie ihn mit großer Wahrscheinlichkeit als Täter ausschließen. Allerdings war das auch die einzige gute Neuigkeit. Zum Täter hatte Perez nur wenige Informationen liefern können und auch das angefertigte Phantombild würde ihnen kaum weiterhelfen, da es einfach viel zu vage war. Sie mussten mehr Druck auf Álvarez Gutiérrez ausüben. Irgendetwas hatte er zu verbergen. Diego hatte deshalb eine Überwachung angeordnet. Heute Nacht übernahm Fernanda mit einem Kollegen der Streife die Schicht. Zum Glück ging es ihrem Fuß schon wieder besser, auch wenn es ihm lieber gewesen wäre, sie hätte sich noch etwas geschont. Aber der Fall ließ das einfach nicht zu. Er selbst würde morgen die Frühschicht übernehmen, damit Fernanda einen Arztbesuch machen konnte – darauf hatte er bestanden.

Diego starrte an die Decke, die er wegen der Dunkelheit nur erahnen konnte. Ihn beschäftigte nicht nur der *Pilgerschatten*-Fall, sondern auch das Verschwinden von Hannahs Freundinnen. Alba war wiederaufgetaucht, wie ihm César berichtet hatte. Damit war Césars Theorie, dass die Entführung etwas mit den Morden zu tun haben könnte, endgültig vom Tisch. Trotzdem machte er sich Gedanken. César hatte ihm zwar versichert, dass Hannah nicht eigenständig ermittelte. Aber stimmte das? Was würde er an ihrer Stelle tun? Aufgeben sicherlich nicht.

Er schüttelte den Kopf. Er musste fokussiert bleiben. Der Serienmörder hatte Priorität, denn, wenn er sein Vorhaben wahr machen und wirklich sieben Menschen töten wollte, würde schon sehr bald ein neues Opfer folgen. Und das mussten sie verhindern. Alle Kirchen rund um den Pilgerweg wurden von Beamten observiert, was ein sehr aufwändiges Unterfangen war. Doch falls der Täter eine weitere Leiche ablegen wollte, konnten sie ihn so auf frischer Tat ertappen. Allerdings hoffte Diego, dass es nicht so weit kommen würde. Sie mussten ihm zuvorkommen und am nächsten Tag den Tatort in Arca finden. Diego hatte eine ganze

Suchmannschaft zusammengestellt. Zum Glück hatte er seinen Chef von der Dringlichkeit überzeugen können. Zudem hatte Diego eine Gruppe von Beamten ans Telefon gesetzt, um die verbleibenden Pilgerherbergen abzutelefonieren. Sie mussten wissen, wo Bernauer übernachtet hatte. Das könnte ihnen dabei helfen, den Suchradius einzugrenzen. Irgendwo musste der Täter sein Auto abgestellt und die Morde begangen haben.

Gerade als Diego sich umdrehen und versuchen wollte, einzuschlafen, vibrierte sein Handy. ›Bitte, lass es nicht schon wieder ein neues Opfer geben.‹

»*Hola*«, flüsterte er noch, obwohl sicherlich bereits die laute Vibration auf dem Holz des Nachttischs Inés geweckt hatte.

»*Hola* Diego, ich bin's. Gerade hat Gutiérrez zu Fuß das Haus verlassen. Wir hängen uns an ihn dran. *Lo siento*, wenn ich dich geweckt habe, aber ich dachte, das interessiert dich. Es ist schon ziemlich ungewöhnlich, nachts um 3 Uhr rauszugehen.«

»Danke fürs Bescheid geben, Fernanda. Folgt ihm auf jeden Fall unauffällig. Falls er unser Mann ist, dürfen wir es nicht zulassen, dass er einen weiteren Mord begeht. Zeitlich würde es passen.«

Als er das Gespräch beendete, beschloss Diego, aufzustehen. An Schlaf war sowieso nicht zu denken. Er gab Inés, die sich zu ihm gedreht hatte, einen Kuss, und leuchtete mit seinem Handy den Weg in Richtung Küche. Dort drehte er den Wasserhahn auf, hielt ein Glas darunter und trank es dann in großen Schlucken aus. Die Müdigkeit war nach dem Anruf noch nicht gänzlich von ihm gewichen. Am Küchentisch sitzend, mit noch halb geschlossenen Augen, blätterte er durch sein Notizbuch. Doch er konnte keine Hinweise finden, die er übersehen hatte.

Auch nach Untersuchung der dritten Leiche hatte ihm Claude keine neue Spur zum Täter liefern können. Wieder konnte sie keine Fremd-DNA finden. Der Täter war intelligent, hinterließ keine Spuren und koordinierte die Morde und die verschiedenen Ablageorte der Leichen, ohne erwischt zu werden. Sein einziger Fehler bis jetzt war, dass er Perez geschickt hatte, um die Holzkreuze zu kaufen. Somit hatte zumindest eine Person ihn gesehen. Und die Beschreibung von Julio Perez, auch die blauen Augen, passte auf Álvarez Gutiérrez. Dazu kamen noch die Zeugen, die das silberfarbene Auto gesichtet hatten. Diese Übereinstimmungen und der Fakt, dass auch Dupin eine gleichgeschlechtliche Beziehung hatte, hatten am Ende den Ausschlag gegeben, dass endlich die Überwachung von Gutiérrez genehmigt worden war.

Sein Handy klingelte erneut.

»Diego«, Fernanda war außer Atem, »es gibt hier ein Problem. Ich weiß nicht, wie es passieren konnte, aber wir haben ihn verloren.«

Diego holte tief Luft, um seine Enttäuschung und Wut nicht am Telefon an seiner Partnerin auszulassen.

»Was ist geschehen?«, fragte er deshalb knapp.

»Wir sind Gutiérrez in die Gassen der Altstadt

gefolgt. Natürlich mit genügend Abstand, sodass er keinen Verdacht schöpft. Aber er muss etwas geahnt haben, denn plötzlich ist er losgerannt. An einer Kreuzung ist er vor uns abgebogen. Als wir um die Ecke kamen, war er verschwunden. Wir haben in jedem Hauseingang und jedem Hof, der offen stand, nachgesehen, aber er ist wie vom Erdboden verschluckt.« Fernanda wurde leiser und fügte zerknirscht hinzu: »Es tut mir leid, Diego. Wir haben unser Bestes gegeben.«

Diego kannte das Gefühl zu gut, bei einer Beschattung versagt zu haben, und wusste, dass Vorwürfe in diesem Fall nicht hilfreich waren. »Organisier noch weitere Kollegen, die die Straßen durchkämmen. Vielleicht erwischen wir ihn noch. Ich bin in 15 Minuten bei euch.«

36.

Sie hatte unendlichen Durst. Ihre Kräfte schwanden immer mehr. Die Asthmaanfälle kamen immer öfter und sie traute sich nicht mehr, aus dem Bett aufzustehen, weil die Chance danach groß war, dass sie auf dem Boden erwachte. Sie musste ihre Energie aufsparen. Was hatte der Entführer ihr nur versucht mitzuteilen? Seither hatte er nicht mehr mit ihr gesprochen. Und er hatte sie auch nicht mit Essen und Trinken versorgt. Warum? Hatte etwa Alba ihre Aufgabe nicht erfüllt? Nein, an so etwas durfte sie gar nicht denken. Sie musste ihrer Verlobten vertrauen. Und sie hoffte, dass sie das auch konnte. Gerne hätte sie sich eingeredet, noch nie von ihr enttäuscht worden zu sein. Doch das stimmte nicht. Wahrscheinlich gab es auch keine Beziehung, in der das der Fall war. Bei ihnen war der größte Streitpunkt von Anfang an Albas Mutter gewesen. Carmen hatte immer wieder versucht, sich in ihre Beziehung einzumischen und einen Keil zwischen Alba und sie zu treiben. Schon ganz am Anfang hatte Verena dieses Problem angesprochen, doch ihre Freundin wollte es zunächst nicht wahrhaben. Sie hatte eine starke Bindung zu ihrer Mutter und tat alles, um es ihr recht zu machen. Erst als ihre Mutter immer aufdringlicher wurde und sie auch noch von der geplanten Hochzeit abbringen wollte, indem sie Verena eine erfundene Affäre mit einem Mann andichtete, hatte Alba die Lage verstanden und sich von ihrer Mutter distanziert. Verena wusste, wie schwer das ihrer Verlobten gefallen war. Aber es war der einzige Ausweg gewesen. Und Alba würde sie auch jetzt nicht enttäuschen!

Kurz hatte sie es geschafft, sich mit ihren Gedanken etwas abzulenken, doch nun fing sie wieder an zu zittern. Was, wenn es zu spät war und sie hier unten verdursten würde? Verena versuchte, ihre Spucke langsam herunterzuschlucken und so ihren Körper auszutricksen. Als sie merkte, dass sie davon nur noch mehr Durst bekam, konnte sie sich nicht mehr zurückhalten und begann, hemmungslos zu weinen. Es kamen keine Tränen.

37.

»Hier liegt was«, rief Fernanda.

Diego lief mit schnellen Schritten auf seine Kollegin zu. Mittlerweile war es schon hell geworden und die Vögel begrüßten laut zwitschernd den neuen Tag.

»Was hast du gefunden?«

Fernanda hatte sich dünne Einweghandschuhe übergezogen und hielt einen Jutebeutel in der Hand. »Den hier. Wenn ich das in der Dunkelheit richtig gesehen habe, hatte Gutiérrez genau so einen bei sich, als er das Haus verließ.« Sie öffnete den Beutel und schaute hinein: »Das wird dich nicht erfreuen. Der Inhalt hilft uns glaube ich nicht weiter.« Sie förderte erst eine Wasserflasche und dann eine Tüte aus Papier zu Tage.

»Was ist in der kleinen Tüte?«

Fernanda machte einen Schritt auf Diego zu und öffnete den braunen Beutel, sodass er einen Blick hineinwerfen konnte. Ein Apfel und ein bisschen Baguette mit Käse.

»Damit können wir nichts anfangen. Vielleicht wollte er wirklich einen weiteren Mord begehen und das hier«, er deutete auf die Stofftasche, »war sein Proviant für die Nacht. Leider sind das nur Vermutungen und wir können ihm nichts nachweisen. Du koordinierst deshalb die weitere Suche nach Gutiérrez. Ich fahre in der Zwischenzeit nach Arca. Wir brauchen Beweise! César kümmert sich heute Morgen um unseren Vermisstenfall und befragt Albas Mutter. Gib ihm Bescheid, dass er dich danach bei der Suche nach Gutiérrez unterstützen soll.«

Diego setzte sich ins Auto, doch bevor er den Motor anlassen konnte, klingelte schon wieder sein Handy. Was war denn heute bloß los? Er hörte einem aufgeregten Polizisten zu, der ihm berichtete, dass ein weiterer Pilger am Morgen als vermisst gemeldet worden war. Der Kollege in Portomarín hatte glücklicherweise nicht lange gezögert, sondern das Verschwinden direkt angezeigt. Nach dem Telefonat trat Diego aufs Gas. Planänderung. Er konnte nicht schnell genug nach Portomarín kommen. Wenn es wirklich der Mörder war und er sein Vorgehen nicht verändert hatte, war der Vermisste mittlerweile mit großer Wahrscheinlichkeit tot oder kurz davor, zu sterben. Aber solange noch keine Leiche aufgetaucht war, bestand zumindest etwas Hoffnung, den Mann lebend zu finden. Vielleicht war es auch nur ein Zufall und der Mann tauchte wieder auf. Der *Comisario* glaubte jedoch nicht an Zufälle. Es gab zu viele

Übereinstimmungen. Der verschwundene Pilger hatte wie Burkowski und Dupin in einer abgelegenen Privatunterkunft übernachtet. Hoffentlich konnte er dort die dringend benötigten Spuren finden.

38.

Es war 8 Uhr morgens und Hannah kam sich vor wie die Protagonistin im Film ›Und täglich grüßt das Murmeltier‹, die in einer sich unendlich wiederholenden Zeitschleife gefangen war. Schon zum dritten Mal saß sie nun auf der Couch von Albas Mutter Carmen und fühlte sich unbehaglich in der perfekt eingerichteten, jedoch wenig gemütlichen Wohnung. Dieses Mal jedoch war César an ihrer Seite. Sie hatten sich im Vorhinein darauf geeinigt, dass Hannah die Gesprächsführung übernehmen und César als Übersetzer fungieren würde.

»Carmen, ich komme direkt zur Sache. Alba ist wieder da.«

Hannah blickte die Frau an. Ihr Gesicht blieb eingefroren, nur ihre Lippen bewegten sich.

»Ich habe Ihnen doch gesagt, dass es keinen Grund zur Beunruhigung gibt. Es stand ja auch alles in diesem Brief.«

Hannah konnte nicht glauben, was sie hörte.

Warum schien die Frau überhaupt nicht überrascht, dass ihre Tochter wohlbehalten zurück war? Warum stellte sie keine Fragen und vor allem: Warum freute sie sich nicht? Hannah atmete durch. Sie hatte sich zuvor mit Alba abgestimmt, welche Informationen sie preisgeben durfte. Alba selbst fühlte sich noch nicht dazu in der Lage, ihrer Mutter gegenüberzutreten. Sie war in der Nacht immer wieder wach geworden und hatte derart Panik bekommen, dass Hannah sie beruhigen musste. Und natürlich wollte sie Verena nicht in Gefahr bringen.

»Es gibt sehr wohl einen Grund, sich weiterhin Sorgen zu machen. Alba hat sich nicht einfach eine Auszeit genommen, sie wurde gegen ihren Willen festgehalten.«

Hannah beobachtete Carmen genau. Auch wenn sie sehr überrascht tat, ihr Gesichtsausdruck sagte etwas anderes. Die Kommissarin beschloss, dass nun genug Spielchen gespielt worden waren und es Zeit war, Klartext mit der Frau zu sprechen.

»Carmen, ich glaube Ihnen kein Wort. Wenn Sie etwas wissen, müssen Sie es mir sagen. Verena und Alba werden vom Entführer mit dem Tod bedroht. Ihrer Tochter geht es sehr schlecht. Vielleicht wird sie niemals ganz über das Erlebte hinwegkommen. Wir müssen jetzt Verena finden – so schnell wie möglich. Solange sie noch am Leben ist.«

Bevor Carmen eine Chance zum Antworten bekam, klingelte Césars Mobiltelefon. Die ältere Dame war sichtlich froh über die Unterbrechung.

Der Polizist entschuldigte sich und entfernte sich, um ungestört telefonieren zu können. Hannah beschloss, keine Zeit zu verschwenden, schaltete ihre Übersetzungsapp an und fuhr fort.

»Also, was wissen Sie über Albas und Verenas Entführung?« Sie blickte zur wie immer perfekt gestylten Mutter von Alba. Auch heute trug sie wieder einen Hosenanzug, dieses Mal in einem ihr schmeichelnden Fliederton. Ihre Gesichtsfarbe stand allerdings nun plötzlich stark im Kontrast zu ihrem bunten Outfit. Sie war weiß geworden und starrte zu Boden.

»Also, ich, ähm …« Sie schluckte und setzte erneut an: »Ich versichere Ihnen, ich weiß wirklich nichts.«

»Nun raus mit der Sprache!« Hannah sprang vom Sofa auf.

»Wenn Sie uns nicht sagen, was Sie wissen, wird der Kommissar Sie mit aufs Revier nehmen. Die Behinderung von Ermittlungen ist keine Bagatelle, sondern wird in den meisten Fällen mit einer Gefängnisstrafe belegt. Und glauben Sie mir, so hübsch eingerichtet wie hier werden Sie es im Gefängnis nicht haben.« Obwohl Hannah sich nicht mit der exakten spanischen Rechtsgrundlage auskannte, schleuderte sie Carmen die Worte ins Gesicht.

Carmens Hände zitterten nun und sie musste ihre Kaffeetasse abstellen, um das heiße Getränk nicht über sich zu schütten. »Ich wollte niemals, dass es meiner Tochter oder Verena wirklich schlecht geht. Die beiden sollten nur zur Vernunft kommen. Ich dachte, ein kleiner Schubs in die richtige Richtung könnte nicht schaden.«

Hannah traute ihren Ohren nicht. »Was meinen Sie mit dem ›Schubs in die richtige Richtung‹? Was haben Sie getan?«

»Ich bin nicht stolz darauf, aber ich habe keinen anderen Ausweg aus dieser Spinnerei mit der Hochzeit und der Adoption gesehen.«

Carmen schaute Hannah an, als hoffte sie auf eine Bestätigung oder zumindest auf Verständnis. Sie bekam keines von beidem. Stattdessen blickte Hannah sie hart und schweigend an.

»Die Idee kam mir, als ich einen Freund aus der Kirche traf. Wir haben uns lange unterhalten und er hat mir bestätigt, dass Homosexualität etwas Widernatürliches ist, etwas, das Gott nicht toleriert. Und auch niemals tolerieren wird. Alba ist meine einzige Tochter und ich wollte nicht, dass sie sich wegen einer naiven und jugendlichen Liebelei ins Unglück stürzt. Natürlich wünsche ich mir auch ein eigenes Enkelchen.«

»Liebelei?« Hannah hatte fassungslos zugehört. Doch jetzt konnte und wollte sie sich nicht länger zurückhalten und wurde lauter.

»Jeder kann ja seine eigene Meinung haben. Das zwischen Alba und Verena ist allerdings sicherlich keine ›Liebelei‹ oder wie auch immer Sie das nennen möchten. Die beiden kennen sich seit fünf Jahren, wohnen mittlerweile seit drei Jahren zusammen und wollen ein Kind adoptieren. Sie lieben sich. Wie kommen Sie dazu, zu denken, dass Sie ein Recht darauf haben, sich in ihr Leben einzumischen? Wollen Sie denn nicht, dass Ihre Tochter glücklich ist?« Hannah war außer Atem vor Ärger.

Carmen hatte ihr still zugehört und blickte beschämt zu Boden. »Ich … ich weiß nicht, Hannah. Vielleicht bin ich zu altmodisch, aber ich dachte, das Glück der beiden wäre nur vorübergehend, bis sie merken würden, dass ihnen etwas fehlt. Und ich hatte einfach Angst, dass es dann zu spät sein könnte, um noch eigene Kinder zu bekommen.«

Hannah hatte keine Lust mehr auf fadenscheinige Ausreden und verspürte Zeitdruck. »Was jetzt zählt, ist Verena zu finden. Sagen Sie mir einfach, was genau nach dem Gespräch mit Ihrem Freund passiert ist.«

»Wie gesagt, ich habe ihm mein Leid geklagt. Er hat mich bestärkt und mir einen Vorschlag gemacht, dem ich wahrscheinlich nicht hätte zustimmen dürfen.« Sie seufzte. »Sie müssen mir glauben, ich wollte nur das Beste für meine Tochter.«

Hannah nickte und gab so zu verstehen, dass Carmen weitererzählen sollte. Sie musste die Infos aus der Frau herausbekommen und ihre eigenen Gefühle hintenanstellen. Was sie dann zu hören bekam, verschlug ihr den Atem.

»Er hat mir vorgeschlagen, mir zu helfen, meiner Tochter die Augen zu öffnen und mir erzählt, dass er schon mehrere Homosexuelle umerzogen hat. Er wollte Gleiches auch für Alba und Verena tun.

Er hat mir nicht genau gesagt, was er plante, sondern mich lediglich um den Ersatzschlüssel für die Wohnung von Alba und Verena gebeten.«

Hannah konnte es nicht fassen. War die Frau wirklich so naiv, wie sie tat? Sie hütete sich aber davor, ihren Redefluss zu unterbrechen und hörte ihr weiter zu.

»Als ich den Brief bekommen habe, dachte ich, dass das stimmt, was da geschrieben steht – dass sie dank meines Freundes zur Vernunft gekommen sind und sich wirklich eine Auszeit genommen haben. Wir haben doch nie darüber gesprochen, dass er die beiden bedroht oder gar einsperrt. Wenn ich das gewusst hätte, hätte ich dem Ganzen doch niemals zugestimmt. Ich dachte, er jagt ihnen vielleicht einen kleinen Schrecken ein und gibt ihnen ein Buch, in dem sie lesen können. Aber doch keine Entführung. Meine arme Alba!«

Hannah war immer wieder erstaunt, wie naiv Menschen sein konnten. Oder spielte Carmen nur die Naive? Schließlich hatte sie ihm den Schlüssel gegeben. Das glich einer Einladung. Sie hatte ihm geholfen, in die Wohnung einzubrechen und die Frauen zu entführen. Und er hätte noch weitaus Schlimmeres mit Alba anstellen können.

César kam zurück und winkte Hannah hastig zu. Sie verstand, dass er etwas Wichtiges für sie hatte. Allerdings brauchte sie noch eine Information von Carmen.

»Egal was Sie wussten oder was nicht, jetzt brauche ich erst mal nur eine Auskunft von Ihnen. Wie heißt dieser Freund?«

Als César den Namen hörte, war er keinesfalls so überrascht, wie Hannah es erwartet hatte. Der Name schien ihm bekannt zu sein.

39.

In den Straßen der Altstadt wimmelte es nur so von Polizisten. Diego hatte einen Anruf von Fernanda bekommen, als er in Portomarín das Zimmer des Verschwundenen untersucht hatte, und war auf der Stelle aufgebrochen. Die Kollegen vor Ort mussten die Durchsuchung an seiner Stelle fortführen.

Nun fuhr er mit hohem Tempo zum Treffpunkt, den er mit Fernanda ausgemacht hatte. Gutiérrez war der Entführer von Verena und Alba! Er konnte es immer noch nicht ganz glauben. Sollte er wirklich der Entführer der Frauen und der *Pilgerschatten* sein? Auf den ersten Blick passte er zwar auf die Beschreibung, die ihnen Perez geliefert hatte, allerdings plagten Diego Zweifel. Entführung und Mord waren zwei sehr unterschiedliche Dinge. Warum sollte er die Frauen nur gefangen halten und nicht töten, wie die Pilger? Da passte etwas ganz und gar nicht zusammen. Diego war sich von Anfang an sicher gewesen, dass die Fälle nicht zusammenhingen – im Gegensatz zu César. Hatten sie ein wichtiges Puzzleteil übersehen? Egal, jetzt galt es erst einmal, Gutiérrez zu schnappen.

Diego parkte sein Auto in einer Seitenstraße und stieg aus. Die grelle Sonne blendete ihn und er ärgerte sich, dass er am Morgen nicht an seine Sonnenbrille gedacht hatte. Er hob die Hand schützend über die zusammengekniffenen Augen, dann sah er Fernanda, die auf der anderen Straßenseite stand und ihm zuwinkte.

Als er sich näherte, plapperte sie aufgeregt drauflos: »Kannst du es fassen, dass Álvarez Gutiérrez unser Mann ist? Die ganze Zeit hatten wir ihn direkt vor unserer Nase. Wir müssen ihn finden, damit nicht noch mehr Menschen sterben.«

Diego hatte seiner Partnerin schweigend zugehört und nickte ihr jetzt zu, auch wenn er weiterhin skeptisch war, was die Morde betraf: »Ja, da hast du allerdings recht. Gibt es denn schon neue Hinweise, wohin er geflüchtet sein könnte? Der Inhalt der Stofftasche muss für Verena bestimmt gewesen sein. Das Gute ist: Wir können davon ausgehen, dass sie noch am Leben ist. Das heißt aber auch, dass sie die Lebensmittel nicht bekommen hat und vielleicht nicht mehr lange durchhält. Wir müssen uns beeilen. Die Zeit rennt uns davon.«

Bevor Fernanda Diego antworten konnte, bekam Diego eine Nachricht. Gutiérrez war in der Nähe der Kathedrale gesichtet worden.

»Komm, wir nehmen mein Auto«, rief Diego Fernanda zu und rannte, ohne eine Antwort abzuwarten, zum Polizeiwagen. Er setze sich hinein, fuhr ein Stück nach vorne, um die immer noch lädierte Fernanda einzusammeln, und drückte dann aufs Gas, bis die Reifen quietschten.

Vor der Kathedrale hatte sich eine Menschentraube gebildet. Diego und Fernanda bahnten sich ihren Weg durch die Leute. In der Mitte des Kreises entdeckten sie César, der gerade einer auf dem Bauch liegenden Person Handschellen anlegte. Als er dem Mann beim Aufstehen half, konnten sie ihn erkennen: Es war Álvarez Gutiérrez!

César verfrachtete den Verdächtigen ins Polizeiauto, dann lief er zu Diego und Fernanda.

»Starke Leistung«, Diego klopfte ihm auf die Schulter. »Ich bin gespannt, was er uns gleich zu sagen hat.«

40.

Hannah hatte mit dem Namen, den Carmen ihr genannt hatte, erst einmal nichts anfangen können. Auf dem Weg nach draußen hatte César ihr erklärt, dass sie nach Gutiérrez auch im Zusammenhang mit den *Pilgerschatten*-Morden fahndeten. Er befand sich aktuell auf der Flucht und war in der Altstadt gesichtet worden, was ihm seine Kollegin per Anruf mitgeteilt hatte. Deshalb musste César aufbrechen. Er konnte Hannah natürlich nicht mitnehmen, da Diego nichts von ihrer Anwesenheit bei der Befragung von Carmen wissen durfte.

Etwas unschlüssig überlegte Hannah, was sie nun tun konnte. Sie rief José an und erzählte ihm von den Fortschritten der Polizei bei den Ermittlungen. José war in Santiago, allein aufgrund seiner Arbeit, gut vernetzt, und das mit ganz verschiedenen Leuten: Vermieter von Unterkünften für Touristen, Ärzte, Restaurantbesitzer und sogar ein Priester, der ab und zu Sonderführungen mit seinen Pilgergruppen machte, gehörten zu seinem Freundeskreis. Es war einen Versuch wert, ihn nach Gutiérrez zu fragen.

Und tatsächlich war das Glück auf ihrer Seite. José kannte Gutiérrez. Er hatte ihm sogar vor einigen Wochen, zusammen mit anderen Gemeindemitgliedern, bei einer Entrümplung in einem Haus außerhalb von Santiago geholfen. Da Alba sich an Orangenbäume erinnern konnte, hatte Hannah eins und eins zusammengezählt.

Schnell hatte sie eine Nachricht an César getippt und saß nun kurze Zeit später in Josés Wagen. Mittlerweile war Verena schon zu lange verschwunden und Hannah hatte Angst, dass die Zeit aufgrund ihres Asthmas für sie immer knapper wurde. Natürlich war ihr klar, dass sie eigenmächtig handelte. Wenn Gutiérrez allerdings in der *Zona Vieja* gesichtet worden war, würde sie sich wohl kaum in Gefahr bringen. Im besten Fall könnte sie Verena befreien, noch während die spanische Polizei den Verdächtigen verhörte.

»Wie weit ist es noch?« Hannah blickte aus dem Fenster des roten Autos, mit dem José sie abgeholt hatte, und sah bräunliche Wiesen mit wenigen grünen Büschen an sich vorbeifliegen. Der Regen, der zu Beginn ihres Aufenthaltes in Santiago gefallen war, hatte nicht ausgereicht, um gegen die vorherrschende Trockenheit wirklich etwas ausrichten zu können.

»Wir sollten gleich da sein. Hast du schon einen Plan, wie du vorgehen willst?«

Sie wandte sich ihm zu und zögerte kurz, ehe sie mit ernster Miene antwortete: »Ich gehe nicht davon aus, dass wir Gutiérrez dort antreffen werden. Er soll sich in der Altstadt aufhalten. Also denke ich, dass wir dort ungestört sein sollten und uns in Ruhe umschauen können.«

»Ich kann es immer noch nicht ganz glauben, was du mir erzählt hast. Gutiérrez soll nicht nur der Entführer deiner Freundinnen sein, sondern auch der *Pilgerschatten*? Das hätte ich ihm niemals zugetraut.«

Hannah konnte verstehen, dass José überrascht war und zweifelte. Den meisten Menschen, die man kannte, traute man keinen Mord zu. Jedoch hatte Hannah in ihrer Laufbahn als Ermittlerin gelernt, dass jeder ein potentieller Mörder sein konnte – egal wie bodenständig und geregelt das Leben nach außen hin schien. Manchmal reichte ein kleiner Tropfen, um das Fass zum Überlaufen zu bringen.

»Ja, ich war auch überrascht, als mir César davon erzählt hat. Noch fehlen der Polizei wohl konkrete Beweise, um Gutiérrez der Morde zu überführen. Aber das ist nur eine Frage der Zeit. César hat mir erzählt, dass sie das Suchgebiet nach den Tatorten und dem silbernen Auto weiter eingrenzen konnten. Alle getöteten Pilger haben in Unterkünften abseits der normalen Strecke gewohnt, wie wir bei unserer Wanderung auch. Sie suchen aktuell die Waldwege ab, weil sie vermuten, dass Gutiérrez dort ein gestohlenes Auto versteckt abgestellt haben könnte. Ich gehe davon aus, dass sie bald belastendes Material finden, mit dem sie ihn dingfest machen können.«

Nachdem sie einige Minuten schweigend verbracht hatten, fragte José: »Hast du eigentlich eine Waffe dabei? Nur für den Notfall?«

Hannah musste lächeln, als sie den ängstlichen Gesichtsausdruck ihres Freundes sah.

»Nein, natürlich habe ich keine Waffe dabei. Ich wollte hier nicht arbeiten, sondern einfach nur wandern und entspannen – wie du dich vielleicht noch erinnern kannst. Aber mach dir keine Sorgen, ich denke nicht, dass wir eine Waffe benötigen werden. Wir schauen uns nur auf dem Gelände um und wenn wir Glück haben, finden wir Verena. Für den Notfall habe ich César darüber informiert, dass wir zum Haus fahren.«

Daraufhin antwortete José ihr nicht.

Endlich kamen sie am Ziel an. José parkte das Auto am Waldrand, nahm seinen Rucksack aus dem Kofferraum und sie liefen in Richtung des großen, freistehenden Hauses. Irgendetwas arbeitete in Hannahs Kopf, was sie nicht einordnen konnte. Ihr Körper war in Alarmbereitschaft. Wahrscheinlich, weil sie Verena hier unbedingt finden musste. Zum Glück war das vor ihnen liegende Grundstück nicht eingezäunt. Es erstreckte sich bis zu den ersten Bäumen des Waldes. Wäre Hannah aus anderen Gründen hier, hätte sie sich wahrscheinlich direkt in das Haus verliebt. Es war umgeben von Orangenbäumen. Wenn die im April blühten, musste es hier unglaublich gut duften. Der unbegrenzte Garten erzeugte in ihr ein Gefühl der unendlichen Weite. Das Haus selbst war im mediterranen Stil gebaut und als José und Hannah näher kamen, sahen sie eine wunderschöne Holzveranda. Nachdem sie die Tür erreicht hatten, wirkte José nervös.

»Alles okay mit dir?«, fragte Hannah ihn.

»Ich weiß nicht. Willst du da wirklich rein? Das kann deine Karriere zerstören, oder?« Er schaute sie verunsichert an.

Sie nickte. »Ich muss mich trotzdem hier umsehen, egal, was kommt. Verena kann da drin sein und ich kann und will nichts unversucht lassen. Ich verstehe allerdings, wenn du lieber draußen auf mich warten willst.« Hannah zückte ihr Taschenmesser und machte sich am Schloss zu schaffen.

»Nein, ich lasse dich da nicht allein reingehen.«

Es dauerte ein wenig, doch dann ging die Holztür auf. Sie öffnete sich mit einem leisen Quietschen. Hannah betrat vorsichtig den Flur, José folgte ihr. Zuerst sahen sie sich im Erdgeschoss um. Alle Räume waren perfekt eingerichtet, ordentlich und sehr sauber, fast schon klinisch. Hannah öffnete den Kühlschrank der hellen Holzküchenzeile. Er war leer und sah nicht danach aus, als hätte ihn jemand in letzter Zeit benutzt. Im Wohnzimmer sah sie in ein paar Schränke, konnte aber nichts Besonderes entdecken.

José stand vor dem Bücherregal und neigte den

Kopf zur Seite, um die Titel auf den Buchrücken zu lesen. »Hier sind viele Bücher, die das Thema Religion und Christentum behandeln.« Er deutete auf die mittlere Reihe des Bücherregals. »Ein paar davon habe ich auch schon gelesen. Keine schlechte Literatur. Außerdem hat er eine nicht zu verachtende Sammlung von Wander- und Reiseführern.«

Hannah hörte die Worte von José. Sie hatte gar nicht mitbekommen, dass er sich viel aus Religion machte. Jedoch war sie zu beschäftigt, um auf Josés Kommentar näher einzugehen. Stattdessen beschleunigte sie ihren Schritt und lief zügig auf die Kellertreppe zu. Am Knarzen des Holzfußbodens hörte sie, dass José ihr folgte.

Hannah drückte auf einen Schalter an der Wand, woraufhin eine Wandlampe ansprang, die flackerte und die Treppe nur spärlich beleuchtete. Die Glühbirne musste wohl ausgetauscht werden. Hannah schaltete deshalb noch ihre Handytaschenlampe ein. Zusammen liefen sie die dunklen Holzstufen hinab. Plötzlich hörten sie ein Rascheln.

»Was war das?«, flüsterte José. »Denkst du, er ist doch hier?«

Hannah lauschte. Das Geräusch hatte aufgehört. Sie schüttelte den Kopf und gab José ein Zeichen, dass sie weitergehen würde. Dann durchbrach ein Poltern die Stille. Hannah ließ vor Schreck ihr Handy fallen, José gab einen Schrei von sich.

Als die Kommissarin nach einigen Sekunden jedoch bemerkte, wer das Geräusch ausgelöst hatte, musste sie ungewollt lächeln. Der Übeltäter war eine schwarze Katze, die soeben an ihnen vorbeigesprungen war. Sie schien von ihnen aufgeschreckt worden zu sein und irgendetwas unterhalb der Treppe umgeworfen zu haben.

»Das war nur ein Streuner«, sagte sie lachend zu José und bückte sich nach ihrem Handy, das drei Stufen tiefer gefallen war. Das Display hatte einen Riss, aber die Taschenlampe leuchtete weiterhin. Jetzt hatte sie keine Zeit, sich darüber zu ärgern.

José war seine Reaktion sichtlich peinlich. »Na dann, lass uns mal weitergehen.«

Die Treppe machte eine Rechtskurve. Dann sah Hannah das große Kellergewölbe, das sie so gar nicht erwartet hatte. Es gab hier unten bestimmt zehn Türen. Auf dem Boden lag eine Schaufel, die an der Wand gelehnt haben musste, bevor die Katze sie umgestoßen hatte.

»Du schaust dich hier vorne um, ich gehe nach hinten durch, in Ordnung?« Hannah leuchtete mit ihrem Handy zu José, der ihr zunickte. Sie lief bis ans Ende des Kellergangs und sah eine Tür. Als sie sie öffnete, konnte sie Treppen sehen, die nach oben führten. Oben angekommen erblickte sie eine flache Tür, eine Art Luke. Das passte zu den Erzählungen von Alba. Sie ging wieder zurück, öffnete die nächste Tür und leuchtete in den Raum. Dort stand ein großes, gut gefülltes Weinregal. Nichts deutete darauf hin, dass Alba hier gefangen gehalten worden war. Der nächste Raum war als eine Art Vorratslager konstruiert worden, allerdings standen die Regale weitestgehend leer. Nur vereinzelt lagen hier noch Konserven. Hannah nahm eine Dose und drehte sie auf den Kopf, damit sie das Ablaufdatum sehen konnte. Hier war schon lange niemand mehr gewesen.

Auf dem Weg zum nächsten Raum hörte sie José rufen: »Hannah, hier ist was.«

Sie rannte durch den langen Gang zurück zum Anfang des Kellers. José hatte die Tür geöffnet. Ein unangenehmer Geruch drang ihr entgegen, der beim Betreten des Raumes noch schlimmer wurde.

»Schau, dort liegt eine Matratze und noch eine alte Decke. Und es riecht so, als hätte sich hier erst vor Kurzem jemand erleichtert.«

Hannah verließ den Raum, um sich nicht übergeben zu müssen. Nicht nur der Geruch ekelte sie, auch die beklemmende Enge des winzigen Raumes machte ihr zu schaffen. Es gab überhaupt kein Licht darin. Wenn sie daran dachte, dort selbst mehrere Tage eingesperrt zu sein, wurde ihr schwindelig. Wie hatte Alba das nur ausgehalten?

»Lass uns schnell die restlichen Zimmer durchsuchen. Verena muss hier irgendwo sein!«

Eine gefühlte Ewigkeit später hatten Hannah und José alle Räume durchkämmt, jedoch keine Spur von Verena gefunden. Wo wurde sie nur festgehalten?

41.

Álvarez Gutiérrez bestritt sowohl, die drei Morde begangen zu haben, als auch, etwas mit dem Verschwinden von Matteo Russo, dem vermissten Pilger, oder der Entführung von Alba und Verena zu tun zu haben.

Diego kaute unzufrieden auf seinem Stift. Er stand im Nebenzimmer des Verhörraumes hinter der Glasscheibe und beobachtete den Verdächtigen, dem Fernanda gerade die Fingerabdrücke abnahm. Danach würde sie sich um einen Rachenabstrich kümmern.

Auf dem Brief, den César von Alba bekommen hatte, konnte tatsächlich ein Fingerabdruck sichergestellt werden. Zudem hatten seine Kollegen am Waldrand von Arca den Ort finden können, an dem Dupin getötet worden war. Die Kamera der Pilgerin lag dort im Gras. Das Team war sorgfältig vorgegangen und hatte nach langer Suche den versteckten Tatort gefunden. Die Spurensicherung war mittlerweile zugange und suchte nach DNA-Spuren. Hoffentlich hatte der Täter welche hinterlassen. Damit könnten sie dann Gutiérrez endgültig festnageln. Oder aber auch, was er insgeheim eher vermutete, ihn im *Pilgerschatten*-Fall entlasten. Die Überprüfung der Fingerabdrücke von Gutiérrez würde schnell gehen und Diego war sich sicher, dass sie den Entführer von Verena und Alba vor sich hatten. Trotzdem war damit noch niemandem geholfen. Sie mussten ihn irgendwie aus der Reserve locken, sie brauchten das Versteck!

Er beschloss, noch mehr Druck auf Gutiérrez auszuüben und verließ das Zimmer. Bevor er die Tür zum Verhörraum öffnen konnte, wurde er von seinem Chef abgefangen.

»Habt ihr schon ein Geständnis? Ich brauche etwas, das ich an die Presse weitergeben kann. Habt ihr eine Ahnung, wo er Matteo Russo gefangen hält oder ob er überhaupt noch lebt? Und -«

»Chef«, unterbrach Diego den Redeschwall des Polizeipräsidenten, »wir haben den Verdächtigen erst vor 20 Minuten geschnappt. Bisher ist noch nicht einmal sein Anwalt eingetroffen. Er streitet alles ab, die Morde und die Entführungen. Ich wollte gerade rein gehen und die Befragung fortsetzten.«

Bevor sein Chef seine schlechte Laune über den zu geringen Fortschritt an ihm auslassen konnte, öffnete Diego die Tür und schlüpfte in den Verhörraum. Fernanda kam ihm entgegen, um die Proben den zuständigen Kollegen zu bringen. Wenn das erledigt war, hatte er sie damit beauftragt, die Suche nach Bernauers Unterkunft weiter voranzutreiben. Sein Bauchgefühl sagte ihm, dass dieses Detail noch wichtig werden würde. Durch den letzten verschwundenen Pilger hatten sie verstanden, dass sie abseits der ausgetretenen Pfade nach den Tatorten, der Unterkunft von Bernauer und auch dem Auto des Täters suchen mussten.

»*Señor* Gutiérrez, reden wir Klartext. Wir haben mehrere Zeugen, die Sie dabei beobachtet haben, wie sie Alba und Verena im Restaurant fotografiert haben«, behauptete Diego. Er musste improvisieren. Natürlich hatten sie noch keine Möglichkeit gehabt, den Kellnern im Restaurant ein Bild des Verdächtigen vorzulegen. Diego schaute seinem Gegenüber direkt in die Augen. Er wollte wissen, wie dieser auf seine Behauptung reagierte.

Gutiérrez wich seinem Blick aus und starrte auf die Tischplatte. Durch das Neonlicht wirkte er sehr blass, schwieg aber.

Also sprach Diego weiter. »Zudem haben wir auf dem Brief, den Sie der entführten Frau gegeben haben, einen Fingerabdruck gefunden. In wenigen Minuten werden wir wissen, ob es sich um Ihren handelt – wovon ich stark ausgehe. Entweder Sie schweigen jetzt oder Sie kooperieren mit uns. Bedenken Sie, dass Letzteres vor dem Richter für Sie von Vorteil sein könnte. Und es ist ein sehr großer Unterschied, ob Sie allein für die Entführung der Frauen, oder auch für die Morde an den Pilgern verantwortlich gemacht werden. Ich will Ihnen nur helfen!«

Álvarez Gutiérrez saß weiterhin in einer gebeugten Haltung am Tisch. Ein Schluchzen entfuhr ihm und Diego sah, wie seine Tränen auf den Tisch tropften.

Diego verließ den Raum und kehrte dann mit einem Glas Wasser zurück. Mittlerweile hatte sich Gutiérrez wieder etwas beruhigt. Nur seine roten Augen zeugten noch davon, dass er gerade geweint hatte. Nachdem er einige Schluck Wasser getrunken hatte, nickte er in Diegos Richtung.

»Ich habe nichts mit den drei Morden zu tun und auch keinen Pilger entführt. Ich schwöre es! Ich wäre nie dazu fähig, einen Menschen zu verletzen oder gar zu töten.«

»Und was ist mit der Entführung der beiden Frauen?« Diego wurde ungeduldig: »Wenn wir Verena nicht rechtzeitig finden, *sind* Sie ein Mörder.«

Der Verdächtige schaute zum *Comisario* und schluckte. Er wirkte verloren und einsam auf seinem Stuhl. Dann seufzte er und sagte: »Das war alles nicht meine Idee. Ich wäre nie selbst darauf gekommen, die Frauen zu entführen. Normalerweise habe ich andere Mittel, Menschen mit einer solchen Krankheit umzuerziehen.« Dann schwieg er wieder.

Diego war nicht überrascht. »Wessen Idee war die Entführung?«, fragte er weiter.

»Na, die von Albas Mutter natürlich. Von ihr wusste ich erst, dass es Probleme gab. Ich schlug ihr vor, ein Seminar mit den Frauen zu machen.

Aber Carmen lehnte das ab, weil die beiden dabei ihrer Meinung nach niemals freiwillig mitgemacht hätten. Sie kam deshalb auf die Idee, dass ich ihnen einen Schrecken einjagen könnte und hat mir auch die Ersatzschlüssel zur Wohnung gegeben.«

»Einen Schrecken einjagen? Das nenne ich mal eine Untertreibung! Sie haben Verena und Alba entführt, eingesperrt, bedroht und damit in Todesangst versetzt.« Diego kannte die Aussage von Carmen, die César gegenüber behauptet hatte, dass alles die Idee von Gutiérrez gewesen wäre. »Die Details können wir später klären. Sagen Sie uns, wo Sie Verena eingesperrt haben.«

Gutiérrez legte den Kopf schief: »Können Sie mir garantieren, dass meine Kooperationsbereitschaft Anerkennung finden und sich positiv auf mein Strafmaß auswirken wird?«

»Gegenangebot: Wenn Sie jetzt nicht kooperieren und Verena stirbt, hat das definitiv eine negative Auswirkung auf Ihr Strafmaß – nämlich lebenslang. Wie schon gesagt, eine Kooperation Ihrerseits kann nur positiv für Sie ausgehen.«

Gutiérrez wiegte misstrauisch den Kopf. Dann kam wieder der uneinsichtige, selbstbewusste Gutiérrez zum Vorschein, den Diego in den Gesprächen zuvor kennengelernt hatte.

»Ich möchte gerne auf meinen Anwalt warten, bevor ich eine Aussage mache.«

Diego ärgerte sich. Hoffentlich hatte César bei seiner Recherche einen Anhaltspunkt gefunden, wo Verena versteckt gehalten werden könnte.

42.

Nach der Durchsuchung des Kellers hatten sich Hannah und José auf dem Dachboden umgesehen, aber keinen Hinweis auf Verena gefunden. Hannah war ratlos und fuhr sich ungeduldig durchs Haar, als sie wieder vor dem Haus standen und frische Luft schnappten.

»Ich verstehe das nicht. Wenn er Alba im Keller gefangen gehalten hat, warum nicht auch Verena? Es standen genug Kellerräume zur Verfügung.«

José tätschelte ihre Schulter: »Wir finden Verena, du wirst sehen.«

»Was hast du da eigentlich im Rucksack, den du schon die ganze Zeit mit dir rumträgst?«

»Ach das.« José winkte ab. »Als du mich angerufen hast und gesagt hast, dass wir zum mutmaßlichen Entführer fahren, habe ich den Rucksack gepackt. Ich dachte, wenn wir Verena finden, könnte sie etwas zu essen und trinken benötigen. Deshalb habe ich eine Thermoskanne mit Tee und etwas Obst eingepackt.«

Das war eine nette Geste von José.

Hannah beschloss, sich im Garten umzusehen. Sie lief auf die alte Gartenlaube zu, deren Holz ziemlich mitgenommen und verwittert aussah und nicht zum restlichen gepflegten Garten passte. Die Holztür war nur angelehnt und durch das Fenster fiel Licht hinein. Hannah sah einen kleinen Rasenmäher und eine Werkzeugbank. Auf dem Boden lag eine große Holzplatte, an der scheinbar vor Kurzem gearbeitet worden war. Alles in allem ein typisches Gartenhäuschen, das als eine bessere Abstellkammer diente. So mussten die Gerätschaften nicht erst aus dem Keller nach oben getragen werden, wenn sie benötigt wurden.

José, der hinter ihr das Häuschen betreten hatte, schaute sich skeptisch um und runzelte die Stirn. »Ich sehe hier nichts Ungewöhnliches. Hier wurde bestimmt niemand gefangen gehalten.«

José verließ das Häuschen wieder, aber Hannah gab so schnell nicht auf. Wenn es hier ein Versteck gab, musste es unterirdisch sein! Sie tippte mit dem Fuß auf die Holzplatte, die tatsächlich ein wenig nachgab. Sie trat nochmal dagegen. Die Platte bewegte sich. Hier war etwas! Schnell bückte sie sich und zog die Platte ein Stück zur Seite. Unter ihr kam eine Luke zum Vorschein.

»José, hier ist was«, rief Hannah aufgeregt.

Zusammen öffneten sie die Klappe, die leichtgängiger war als gedacht. Hannah sah erst einmal nichts. Was auch immer da unten war, es lag völlig im Dunkeln. Hannah zückte ihr Handy, dessen

Taschenlampe immer noch eingeschaltet war, und rief gleichzeitig »Hallo?« in den Raum unter ihnen. Doch der Strahl der Taschenlampe reichte nicht, um genug zu erkennen.

»Wir brauchen eine Leiter!«

In der Laube konnten sie keine finden, deshalb lief José zurück zum Haus, Hannah durchsuchte den Garten.

Nach einer gefühlten Ewigkeit kehrte José mit einer großen, ausziehbaren Leiter zurück. »Die reicht hoffentlich bis zum Boden.«

Sie ließen die Leiter vorsichtig in den dunklen Raum nach unten. Mit einem Krachen kam sie am Boden an.

»Ich gehe runter, kannst du mir Licht geben?«. Hannah blendete ihre Höhenangst aus. Sie wollte mit eigenen Augen sehen, was sich dort unten befand, auch wenn ihr Magen sich vor Aufregung verkrampfte. Sprosse für Sprosse stieg sie tiefer hinunter. Nach kurzer Zeit half ihr das Handylicht von José nicht mehr weiter und sie musste ihr eigenes Mobiltelefon herausholen. Sie klammerte sich mit einer Hand fest an die Leitersprosse, während die andere Hand das Handy nahm. Hannah zitterte. Die Hälfte war bereits geschafft. Sie musste der Versuchung widerstehen, in die dunklen Ecken zu leuchten. Das wäre bei ihrer Unsicherheit zu gefährlich, auch wenn ihr Herz vor Aufregung und Hoffnung pochte und sie es fast nicht mehr aushielt. Stattdessen rief sie »Hallo« in die Dunkelheit. Hannah bekam keine Antwort.

Dann endlich fühlte sie festen Boden unter ihren Füßen. Sie hielt die Luft an und leuchtete in die erste Ecke. Dort stand ein Kleiderschrank. Die zweite Ecke war leer. Das Herz schlug ihr nun bis zum Hals. In der dritten Ecke stand ein Bett und es lag jemand darin. Sie hielt jetzt den Atem an. Wie ferngesteuert ging ihr Arm nach vorne, um die Person zu berühren. Die Haut war kalt. Hannah leuchtete ins Gesicht. Es war ihre Freundin Verena! Ihre blonden Haare waren zerzaust und verklebt. Und sie bewegte sich nicht!

»Hannah, alles gut da unten? Hast du was gefunden?«, hörte sie José von oben rufen, aber sie war unfähig, zu antworten.

Sanft legte sie ihre Finger auf Verenas Halsschlagader und drückte leicht zu. Erst fühlte sie nichts. Dann endlich nahm sie ein schwaches Pochen wahr. Hannah erwachte wie aus einer Trance.

»José, du musst sofort runterkommen! Verena ist hier, wir müssen sie nach oben schaffen«, waren die einzigen Informationen, die Hannah aus ihrem Mund bekam.

43.

Wo war nur César schon wieder abgeblieben? Diego lief unruhig den Flur auf und ab. Gutiérrez unterhielt sich immer noch mit seinem Anwalt, der nach einer knappen Stunde endlich eingetroffen war. Diego hatte ein ungutes Gefühl in der Magengegend.

Sein Handy piepte. Er öffnete seine E-Mails und sah den Bericht vom Labor. Der Fingerabdruck auf dem Brief stammte von Gutiérrez – wie er es sich schon gedacht hatte. Das war eine gute Nachricht, jetzt hatten sie einen handfesten Beweis. Leider gab es aber auch schlechte Neuigkeiten: Die Kollegen hatten keine Spuren am Tatort sicherstellen können. In Arca hatte es geregnet und selbst wenn der Täter seine DNA hinterlassen hatte, hatte der Regen sie zunichte gemacht. Da war für die Spurensicherungsexperten nichts mehr zu machen gewesen.

Diego stöhnte. Das war doch wie verhext. Bevor er jedoch über das weitere Vorgehen nachgrübeln konnte, tauchte auf dem Handydisplay die Nummer von Fernanda auf. Er hob ab und hörte eine aufgekratzte Fernanda.

»Diego, wir haben das Auto!«

Diego stutze kurz, bevor er begriff, was Fernanda meinte.

»Den silbernen Kombi?«

»Ja. Die Kollegen sind gerade dabei, den Kofferraum zu öffnen. Im Innenraum konnten sie bereits Fingerabdrücke sichern.«

Diego wollte Fernanda gerade fragen, wie sie das Auto gefunden hatte, vernahm aber dann plötzlich aufgeregte Stimmen im Hintergrund.

»Was ist los, Fernanda?«

»Im Kofferraum liegt Matteo Russo, er ist tot.«

Der *Comisario* musste schlucken. Er spürte ein enttäuschtes Ziehen in seinem Bauch. Sie waren wieder zu spät. Der Täter war ihnen immer einen Schritt voraus. Seine Frustration war groß. Trotzdem durften sie nicht aufgeben. Gerade jetzt nicht. Sie mussten handeln.

»Wie schnell können die gefundenen Fingerabdrücke mit unserer Datenbank abgeglichen werden?«

»Wir haben hier ein portables Gerät und lassen die Abdrücke schon durchlaufen. Es ist nur eine Frage von Minuten, bleib einfach am Telefon.«

»Ok. Während wir warten, habe ich noch eine andere Frage.« Er war neugierig. »Wie habt ihr das Auto gefunden?« Diego sah César auf sich zukommen. »Ich schalte dich auf laut, damit César mithören kann.«

»Nachdem die örtlichen Beamten den Tatort, an dem Dupin ermordet wurde, identifiziert hatten, habe ich mir nochmal unsere Karte angeschaut, auf denen wir die Unterkünfte von Burkowski und Dupin markiert haben. Ich habe die Stecknadeln darauf mit einem Faden verbunden und in diesem Gebiet alle fehlenden Pilgerherbergen abtelefoniert. Doch in keiner Unterkunft hatte Bernauer übernachtet. Dann habe ich mit den Kollegen die Anwohner befragt und wir haben einen Tipp bekommen: Ein Mann vermietet eine Einliegerwohnung an Pilger – und das sehr abgelegen und weit weg vom Pilgerweg. Sie ist bei Touristen beliebt, die ihre Ruhe haben möchten, denn dort gibt es keinerlei Handyempfang. Da Bernauer seine Reise für *Digital Detox* nutzen wollte, hat mich das aufhorchen lassen. Und tatsächlich: Marvin Bernauer hat in O Pedrouzo übernachtet. Mithilfe der Unterkunft konnten wir dann das Gebiet, in dem der Mörder unterwegs war und natürlich auch sein Auto abstellen musste, eingrenzen. Wir haben das Gebiet mit einer Drohne überflogen und konnten so das Auto am Waldrand finden und sicherstellen.«

»Wirklich gute Arbeit. Jetzt müssen wir nur noch hoffen, dass -«

Am anderen Ende war nur noch ein Rauschen zu hören, dann Stille. Nach einigen Sekunden setzte ein Stimmengewirr ein. Als Fernanda anfing, zu sprechen, ließ Diego vor Schreck fast sein Handy fallen, so laut schrie seine Kollegin.

»Es ist José!«

»Was?« Diego lief ein kalter Schauer über den Rücken. »Verwechslung ausgeschlossen?«

»*Sí*, seine Fingerabdrücke, die in Arzúa routinemäßig genommen wurden, um sie von möglichen Täterspuren zu unterscheiden, stimmen mit den im Auto gefundenen Abdrücken überein.«

Diego konnte es kaum glauben: José, der Schulfreund seiner Frau, war der *Pilgerschatten* und lief immer noch frei herum. Wie hatte er sie so lange an der Nase herumführen können?

César, der die ganze Zeit still zugehört und parallel auf seinem Handy getippt hatte, schien nun alarmiert. Er war weiß wie eine Wand geworden.

»Wir müssen sofort los«, brüllte César Diego an, der von der Lautstärke erneut leicht zusammenzuckte.

»Weshalb?«

Diego versuchte, Ruhe in die Situation zu bringen, aber César schüttelte den Kopf.

»Du musst mir jetzt vertrauen. Es geht um Leben und Tod. Ich erkläre dir alles, wenn wir im Auto sitzen.«

Sie rannten zusammen zum Wagen. César war währenddessen am Telefon, jedoch konnte Diego nicht hören, mit wem er telefonierte. Aber er vertraute auf Césars Einschätzung, auch wenn in der letzten Zeit eine angespannte Stimmung zwischen ihnen geherrscht hatte. Trotz allem war César ein guter Polizist.

César wusste, wohin es ging und trat aufs Gas. Erst dann fing er an zu sprechen. »Ich habe großen Mist gebaut.«

Diego schaute ihm ins Gesicht. Mittlerweile war das Weiß in seinem Gesicht von einem Rot abgelöst worden. Der Blick des jungen Kollegen war starr auf die Straße gerichtet.

»Hannah ist in Lebensgefahr.«

»Wie bitte?« Zu mehr Fragen war Diego erst einmal nicht in der Lage. In seinem Kopf dröhnte es. »Raus mit der Sprache, César!« Jetzt war nicht der Moment für viele Worte oder Entschuldigungen, dies schien nun auch endlich sein Kollege begriffen zu haben.

»Ich habe Hannah mit in die Ermittlungen einbezogen. Sie war mit mir bei Carmen, als die Frau den Namen Gutiérrez preisgegeben hat. Währenddessen habe ich den Anruf bekommen, dass der Flüchtige in der Altstadt ist. Hannah habe ich alleine zurückgelassen. Sie hat weiterermittelt und ist mit José zu Gutiérrez' Landhaus gefahren. Ihre Nachricht habe ich nicht gesehen, weil ich mit der Recherche beschäftigt war. Sie geht nicht ans Handy, es ist ausgeschaltet.«

Diego schluckte all seine Wut herunter. Er musste jetzt den Einsatz leiten und Ruhe bewahren. Eine Frage aber brannte ihm auf der Zunge: »Warum hat Gutiérrez ein Landhaus, von dem wir nichts wissen?«

Als Antwort erhielt er ein Schulterzucken. »Ich konnte es bei meiner Recherche nicht finden, denn das Haus gehört noch seinen Eltern, die allerdings mittlerweile im Altersheim leben. Deshalb ist es auf sie eingetragen. Er hat es wohl nur renoviert.«

»Adresse? Sind die Kollegen der *GEO* informiert?« Diego sparte sich den Kommentar, dass César das Haus trotzdem bei seinen Nachforschungen hätte finden müssen.

César nickte und gab ihm die geforderten Informationen.

Diego schaute sich das Haus auf der Karte an. Es war mindestens 200 Quadratmeter groß und von bestimmt 5 Hektar Land umgeben. Das würde ihre Suche nicht leichter machen. Immerhin konnten sie mit der Hilfe der *Grupo Especial de Operaciones* rechnen. Mit der Spezialeinheit hatten sie schon des Öfteren erfolgreich zusammengearbeitet. Warten, bis die Kollegen kamen, konnten sie aber nicht. Hannah war in Gefahr! Verena, wenn sie sie gefunden hatte, mit ihr! José wusste zwar noch nicht, dass sie das Auto mit seinen Fingerabdrücken entdeckt hatten und sie ihn damit überführen konnten. Aber er war eine tickende Zeitbombe. Mit den Informationen über Gutiérrez, die Hannah von César bekommen hatte und die sie wahrscheinlich an José weitergegeben hatte, musste ihm klar werden, dass es nur eine Frage der Zeit war, bis die Polizei ihm auf den Fersen war. Er würde die beiden Frauen niemals am Leben lassen, sie waren ein zu großes Risiko.

44.

Während José die Leiter hinunterstieg, hatte Hannah ihre Freundin in die stabile Seitenlage versetzt. Sie versuchte, ruhig zu bleiben, wie sie es erst vor einem Monat im letzten Erste-Hilfe-Kurs wiederholt hatte. Als Polizistin musste sie ihre Kenntnisse immer wieder auffrischen. Sie horchte an Verenas Mund. Ihr Atem ging langsam, aber regelmäßig, sodass sie keine notfallmäßige Mund-zu-Mund-Beatmung durchführen musste. Zumindest noch nicht. Wo blieb nur José? Endlich hörte sie ihn.

»Hannah«, hauchte Verena, die ihre Augen ein klein wenig geöffnet hatte. »Du hast mich gefunden«. Sie versuchte, sich aufzusetzen, war aber viel zu schwach dazu.

»Langsam.« Hannah legte ihrer Freundin ihre Hand auf die Schulter. »Bleib liegen. Wir bringen dich nach oben und rufen einen Notarzt. Dann wird dir geholfen. Du wirst schon wieder.«

Hannah zuckte zusammen. Sie hatte gar nicht bemerkt, dass José sich neben sie gestellt hatte.

»Kannst du Verena bitte hochtragen? Ich gehe voraus und rufe einen Krankenwagen.« Sie leuchtete ihn von der Seite an. Er machte keine Anstalten, sich zu bewegen. Was sollte das? Sie sah, wie er aus seinem Rucksack die Thermoskanne herauszog. Er wollte Verena einen Becher in die Hand geben.

Plötzlich wusste Hannah, dass sie Verena so schnell wie möglich von hier wegschaffen musste. Sie stellte sich schützend vor ihre Freundin.

»Was ist?«, fragte José. »Warum lässt du mich nicht zu ihr? Ein bisschen Tee wird ihr guttun.«

Hannah wandte sich leicht von José ab, sodass er nicht mitbekam, dass sie auf ihrem Handy tippte. Sie musste César anrufen. Doch nichts passierte. Das kaputte Display ließ sich nicht mehr bedienen.

Ein Schmerz durchfuhr ihren ganzen Körper. Wie Blitze schoss er von ihrem Kopf bis in die Zehenspitzen. Dann wurde ihr schwarz vor Augen.

45.

Diego und César parkten ihr Auto vor dem Haus. Es war weit und breit niemand zu sehen. Der für den heißen Sommer ungewöhnlich grüne Garten lag ruhig vor ihnen, nur die Orangenbäume raschelten leicht im Wind.

Diego blickte sich um und sah das Auto. »José muss noch hier sein. Dort am Waldrand steht sein rotes Auto. Wir müssen auf der Hut sein.«

Wie sie während der Fahrt bereits besprochen hatten, wollten sie sich aufteilen, um das Haus und den Garten zu durchkämmen. Abgesprochen war, dass sie sich gegenseitig anrufen würden, falls sie etwas finden würden. Dafür hatten sie ihre Mobiltelefone auf den Vibrationsalarm gestellt – das war unauffälliger. César steuerte die Gartenlaube an, während Diego zur Haustür lief. Am Eingang bemerkte Diego, dass das Türschloss aufgebrochen war. Das war bestimmt Hannah gewesen!

Er musste in den Keller. Wenn Alba dort gefangen gehalten worden war, wird Gutiérrez vielleicht auch Verena da unten versteckt haben. Er stieg vorsichtig die Stufen zum Keller hinunter. Unten angekommen fand er sich in einem langen, schmalen Kellergang wieder. Diego konnte einige Türen ausmachen. Er beschloss, strategisch vorzugehen und die Räume von vorne nach hinten zu durchsuchen. Vorsichtig stieß Diego die erste Tür auf. Nichts regte sich und der Raum war, bis auf ein paar alte Möbel, leer. Gleiches passierte auch in den nächsten beiden Räumen.

Er zuckte zusammen, als er ein Vibrieren spürte. Sein Handy! César hatte etwas gefunden. Er war hier falsch. Ohne zu zögern sprintete er die Treppe nach oben. Auf der Veranda angekommen blickte er sich um. Es war alles viel zu ruhig. Wo konnte César nur sein? Seine Augen durchforsteten den Garten und sein Blick blieb an dem Gartenhäuschen hängen. Die Tür stand offen. Er rannte hin. Nun konnte er Stimmen hören. Es klang nach einem Kampf. Auf Zehenspitzen betrat Diego die Gartenlaube und sah die Leiter, die nach unten führte. Er blickte hinunter, konnte aber nur Schatten ausmachen. Also musste er ein Stück nach unten klettern.

Als er fast am Ende der Leiter angekommen war, sah er, wie César auf dem Boden mit José rang. Die beiden schienen seine Anwesenheit nicht zu bemerken. Dann erblickte Diego Hannah, die neben einem Bett am Boden lag. Sie blutete am Kopf. Lebte sie noch? Erst jetzt begriff er, dass auf dem Bett noch eine weitere Frau lag. Das musste Verena sein. Doch auch sie rührte sich nicht.

Er zog seine Waffe und atmete tief. Er musste den richtigen Moment abpassen. José war gut trainiert und hielt den fitten César in Schach. Dann endlich erblickte César ihn. Er verstand, was Diego vorhatte, löste sich ganz plötzlich von José und rollte zur Seite.

Diego drückte ab. Der Knall des Schusses hallte im Verlies. Diego hörte Stimmen von draußen. Die Sondereinsatzkräfte stürmten den Garten.

46.

Hannah war in einem dunklen Raum gefangen. Die Wände bewegten sich auf sie zu und sie konnte keinen Ausweg finden. Sie versuchte, sich gegen die immer näherkommenden Steinmauern zu stemmen, doch es war aussichtslos. Sie spürte den Druck auf ihrem Körper.

Hannah fuhr hoch. Sie öffnete langsam die Augen und sah nur verschwommen. Wo war sie? Was war passiert? Sie versuchte, sich zu erinnern. Ein pochender Schmerz in ihrem Kopf ließ sie zusammenzucken. Sie probierte, ihn wegzuatmen. Doch er wurde immer schlimmer und ihr Atem kam nun stoßweise. Plötzlich spürte sie eine warme Berührung.

»Hallo, Hannah. Entspann dich, es ist alles in Ordnung. Du hattest nur einen Albtraum.«

Hannahs Augen brauchten eine Weile, bis sie sich an die Umgebung gewöhnt hatten. Dann erkannte sie Tim, der neben ihr auf einem Stuhl saß. Sie selbst lag in einem Bett und blickte sich verwirrt und mit noch immer heftig klopfendem Herzen um.

»Hannah, du bist im Krankenhaus von Santiago.«

Sie kniff die Augen zusammen. Vor ihr lag ein kleines Krankenhauszimmer, das in einem gelblichen Beige gestrichen war. Durch die Fenster fiel Sonnenlicht. Rechts neben ihrem Bett, wo auch Tim saß, stand ein kleiner Tisch mit Blumen. Linkerhand gab es ein weiteres Bett, in dem ein älterer Mann schlief. Hannah holte tief Luft. Vereinzelt kehrten Erinnerungsfetzen zurück, doch sie waren zu durcheinander, als dass sie sich wirklich einen Reim darauf machen konnte. Sie setzte sich auf. »Was ist passiert? Warum bin ich hier?«

»Ganz langsam, du hast eine schwere Gehirnerschütterung. Du sollst dich nicht bewegen.«

Hannah ließ sich ins Kissen zurücksinken. Sie fühlte sich benommen. Trotzdem musste sie wissen, was geschehen war. Hannah versuchte, die Fragmente in ihrem Kopf zu sortieren. »Ich saß mit José im Auto. Was ist danach geschehen?«

Tim lächelte sie mit seinen wachen Augen an. »Okay, dann berichte ich dir kurz, was ich weiß. Du bist mit José zum Haus von Gutiérrez gefahren. Ihr habt dort im Raum unter einer Gartenlaube Verena -«

Hannah unterbrach Tim panisch: »Wie geht es Verena?« Ihr wurde schlecht. Plötzlich piepste eine Maschine. Erst jetzt bemerkte die Kommissarin, dass sie verkabelt war. Die Tür ging auf und eine

Krankenschwester kam hereingerannt.

»Sie sollen sich nicht aufregen. Sie brauchen eigentlich absolute Ruhe«, sagte sie und blickte dabei weniger Hannah, als Tim böse an. Erst als das Gerät sich wieder beruhigt hatte, ließ sie sich davon überzeugen, dass Tim im Zimmer bleiben durfte.

»Aber nur noch 5 Minuten!« Die Krankenschwester schloss die Tür.

»Keine Angst, Verena geht es den Umständen entsprechend gut. Sie liegt ein paar Zimmer weiter.«

Bevor Hannah noch weitere Fragen stellen konnte, wurde ihr schwindelig. Sie schloss die Augen.

Sie musste eingeschlafen sein! Tim saß immer noch an ihrer Seite. Allerdings stand nun noch ein weiteres bekanntes Gesicht vor ihrem Bett: Diego.

»Hallo Hannah.« Er lächelte ihr zu. »Schön, dass du wieder wach bist. Ich könnte mir vorstellen, dass du einige Fragen hast.«

Hannah nickte. Tim und Diego erklärten ihr, dass sie den Ärzten versprechen mussten, dass sie sie nicht aufregen würden.

Diego zog sich einen Stuhl an Hannahs Bett und erzählte. »Als du mit José im Verlies bei Verena warst, hast du deiner Freundin vielleicht das Leben gerettet.«

Hannah verstand nicht, was Diego ihr gerade mitteilte. Er schien ihre Verwirrtheit zu bemerken.

»Verena war stark geschwächt, hat aber trotzdem alles mitbekommen, was passiert ist. Du wolltest sie mit Josés Hilfe nach oben schaffen. Dieser hat dir allerdings nicht helfen wollen, sondern erst einmal Tee eingeschenkt. Verena hat mir erzählt, dass du dich dann schützend vor sie gestellt hast.«

Jetzt wusste Hannah wieder, warum sie dort unten so reagiert hatte.

»Mir ist plötzlich klar geworden, dass José der *Pilgerschatten* sein muss. Er hat sich im Verlies komisch verhalten. Und dann habe ich eins und eins zusammengezählt. Seine nächtlichen Ausflüge hatten gar nichts mit seinem Job oder mit einer Affäre zu tun. Ich habe noch probiert, César zu erreichen, doch mein Handy war kaputt. Ich musste Verena irgendwie schützen.«

»Während du versucht hast, zu telefonieren, hat er dir einen sehr starken Schlag auf den Hinterkopf mit der metallenen Thermoskanne versetzt. Als du dann bewusstlos warst, wollte er Verena vergifteten Tee einflößen und dann flüchten. Zum Glück kamen wir im richtigen Moment und César konnte ihn davon abhalten. Ich habe José dann eine Kugel ins Bein verpasst, damit nicht noch Schlimmeres geschieht.«

Hannah holte tief Luft. »Er wollte tatsächlich Verena und mich töten.«

»Ja, er hatte gemerkt, dass wir ihm langsam auf die Schliche gekommen sind. Du hast ihm Fragen zu seinen nächtlichen Ausflügen gestellt. Und dann von unseren Ermittlungserfolgen erzählt. Er wusste, dass seine Zeit abläuft und wollte sein ›Werk‹ vollenden. Sein Ziel war es, insgesamt sieben Morde zu begehen. Vier davon hatte er schon begangen. Nach deinem Anruf hat er seine letzte Chance auf weitere Morde gewittert und sich vorbereitet. In der Teekanne war Coniin – das Gift, mit dem er auch das erste Opfer getötet hat. Zum Glück konnte er Verena nichts davon einflößen.«

»Vier Tote?« Hannah lief ein Schauer über den Rücken.

»Ja, leider. José hat einen weiteren Pilger getötet. Wir haben ihm im Kofferraum eines silbernen Wagens gefunden. Den hat José vor wenigen Wochen gekauft und sehr abseits des Pilgerweges abgestellt.«

Hannah gingen tausende Dinge durch den Kopf. Sie hatte durch ihr eigenmächtiges Handeln und dem Kontakt zu José Verena in Gefahr gebracht. Nur durch Glück hatte die Polizei sie am Ende retten können. Sie sprach jedoch ihre Gedanken nicht aus, sondern fragte stattdessen: »Aber warum das alles? Wieso hat José getötet? Und warum hat er ausgerechnet Leon umgebracht?«

»José hat einen Hass auf Homosexuelle. Wie wir erfahren haben, hat sein Vater die Familie für einen Mann verlassen, da war José gerade einmal acht Jahre alt. Das scheint ihn sehr geprägt zu haben. In seinem Freundeskreis hat er das Thema weitestgehend gemieden. Nur mit Gutiérrez hat er sich dazu ausgetauscht. Seine Frau wusste zwar, dass er Homosexualität sehr kritisch gegenüberstand. Von seinem regelrechten Hass auf Homosexuelle hat aber auch sie nichts geahnt. Deshalb hat sie alle Zeichen falsch interpretiert. José schrieb auf seinem Handy nicht mit einer Affäre, sondern in diversen christlichen Internet-Foren über seine Wut auf Homosexuelle. Doch das reichte ihm irgendwann nicht mehr. Durch die Arbeit als Wanderführer traf José immer wieder auf offen homosexuelle Pilger. Als er Gutiérrez beim Entrümpeln half und dieser sich wieder einmal über den Widerspruch von religiösen Menschen, die gleichzeitig homosexuell waren, ausließ, kam José wohl die Idee, wie er morden und gleichzeitig eine falsche Fährte legen konnte. Deshalb sah es auch die ganze Zeit so aus, als wäre Gutiérrez unser Mann.«

Tim, der schweigend zugehört hatte, hob die Hand. »Moment mal, wenn Homophobie das Tatmotiv war, wie passt dann Leon ins Bild?«

»Das mit Leon hat uns auch die ganze Zeit gestört. Deshalb sind wir davon ausgegangen, dass der Täter es auf Pilger abgesehen hat. Das war der einzige Zusammenhang zwischen den drei Toten. José hat eure enge Freundschaft wohl falsch gedeutet. Er hat uns im Verhör erzählt, dass er von Anfang an sicher war, dass ihr ein Paar seid. Er hat bemerkt, dass ihr euch oft umarmt und berührt habt.«

Tim wurde bleich. »Unsere Umarmungen? Die waren doch nur freundschaftlich. Es ist ja wohl auch unter Männern erlaubt, ein bisschen Körperkontakt zu haben. Heutzutage ist das normal. Leon und ich waren kein Paar, sondern sehr gute Freunde – weshalb wir uns auch das Zimmer geteilt haben. Dann war alles nur eine Fehlinterpretation?«

Hannah sah, wie Tim schwer schluckte.

»Leider scheint es so.«

Tim erklärte daraufhin, dass er kurz Zeit für sich brauchen würde und verließ das Zimmer. Hannah hätte ihn am liebsten in den Arm genommen, doch sie konnte verstehen, dass Tim alles erst einmal verdauen musste und alleine sein wollte.

Als sie mit Diego allein war, fragte sie, was ihr die ganze Zeit schon auf den Nägeln gebrannt hatte: »Was ist mit dem Entführer von Verena und Alba?«

»Er sitzt in Untersuchungshaft. Ihm wird wegen Freiheitsberaubung der Prozess gemacht. Inwieweit er von Carmen zur Entführung der beiden Frauen beauftragt worden ist, muss noch herausgefunden werden. Auch gegen sie haben wir Ermittlungen eingeleitet.«

Nach den ganzen Erklärungen war Hannah erschöpft. Ihr Kopf pochte. Und dennoch, um eine Sache bat sie Diego noch. Sie musste Verena sehen. Vor dem Zimmer, in dem ihre Freundin lag, bemerkte sie ihre Anspannung. Erst als Diego sie im Rollstuhl hineinschob und sie Verena sah, fiel die Last von ihr ab. Weinend, aber glücklich, umarmte Hannah ihre Freundin.

47.

Fernanda war dabei, die Übersichtstafel zu wischen und die dort befestigten Bilder abzuhängen.

Diego tippte währenddessen den Abschlussbericht fertig. Er war froh, dass sie den Pilgerschatten geschnappt hatten, auch wenn sie Matteo Russo nicht hatten retten können. Doch dank ihres Ermittlungserfolges mit der Unterkunft und dem Auto hatten Hannah und Verena überlebt. Es hätte alles auch weitaus schlimmer ausgehen können. Sie hatten am Ende viel Glück gehabt.

Diego hatte ein ernstes Gespräch mit César geführt. Einerseits konnte er nachvollziehen, warum er so gehandelt hatte, andererseits musste er als Chef solche Alleingänge abseits der Regeln klar unterbinden. Deshalb würde César das nächste halbe Jahr im Innendienst verbringen. Diego wusste, dass das seinem Kollegen sehr schwerfallen würde. Aber es sollte ja auch eine Strafe sein. Was Hannah betraf, konnte er sich nicht zu einem

Anruf bei deren Chef durchringen. Er wollte, auch wenn sie unerlaubt ermittelt hatte, nicht ihre Karriere zerstören. Sie war eine gute Polizistin, die alles dafür getan hatte, ihre Freundin zu finden. Sie hatte ja nicht ahnen können, dass sie in eine Mordserie hineinrutschen und sich damit selbst in Gefahr bringen würde. Er ließ Hannahs Rolle in seinem Bericht deshalb unerwähnt. Zum Glück hatte sein Vorgesetzter von alledem nichts mitbekommen.

Er blickte von seinem Laptop auf. Fernanda nahm gerade das Bild von Marvin Bernauers Rucksack von der Pinnwand ab. Mit dem Rucksack hatte José sie ganz schön in die Irre geführt. Er hatte ihn wirklich nur mitnehmen müssen, weil er Bernauer auf offener Strecke geschnappt hatte. Da er den Rucksack schon hatte, war er auf die Idee gekommen, eine weitere falsche Fährte zu legen. Von Anfang an stand sein Plan fest, den Verdacht von sich abzulenken. José hatte gewusst, dass die Polizei ihm auf den Fersen wäre, sobald er zum ersten Mal mordete. Er hatte zwar keinen Hass auf Gutiérrez, aber aufgrund dessen Einstellungen und dem daraus resultierenden öffentlichen Rauswurf aus seinem Job als Chorleiter war er das perfekte Bauernopfer und ein idealer Sündenbock. Er hatte Gutiérrez kopiert: Der silberne Wagen und die Base-Cap waren einzig und allein dazu bestimmt, die Polizei in die Irre zu führen. Die sieben Ketten sollten laut José an die sieben Todsünden erinnern. Diego bezweifelte allerdings, dass José wirklich nach sieben Morden aufgehört hätte, zu töten. Solche Täter hörten nicht einfach auf. Diego sah seine Meinung allein schon durch Josés Vorhaben bestätigt, Hannah und Verena zu ermorden. Verena passte als lesbische Frau noch in sein Beuteschema. Den versuchten Mord an Hannah hatte José mit ihrer liberalen Haltung gegenüber Homosexuellen begründet. Das zeigte Diego, dass José immer weitere, wirre Gründe zum Töten gefunden hätte.

Auch die Kirchen waren eine falsche Fährte gewesen. José wollte, dass die Leichen gefunden werden und die Plätze vor den Gotteshäusern gaben einen eindrucksvollen Schauplatz her. Nach dem ersten Leichenfund vor der Kathedrale musste er sich immer wieder einen neuen Ort überlegen, denn die Fundorte wurden von der Polizei überwacht.

Das Nächste, was Diego in seinen Bericht schrieb, war, warum José beim ersten Mord Coniin verwendete und bei den anderen Morden nicht mehr. Ursprünglich war sein Plan gewesen, die Opfer mit dem Gift gefügig zu machen, bevor er sie umbrachte. Das Gift hatte er Bernauer in einem Tee verabreicht, den er ihm auf der Wegstrecke angeboten hatte. Allerdings hatte Bernauer direkt geschmeckt, dass etwas nicht stimmte. Der Aufwand, das Gift herzustellen, war groß und es wirkte José zu langsam. Da Josés Hass sich sowieso in Gewalt, die noch für etliche Opfer gereicht hätte, entlud, entschied er sich für K.o.-Tropfen. So konnte er seine Opfer gefügig machen und sie töten, ohne dass sie sich wehrten. Deshalb gab es keine Abwehrverletzungen. Als Leon nicht schlafen konnte und er allein in der Küche saß, hatte José seine Chance genutzt und ihn zu einem Schnaps überredet. Dupin hatte er von hinten überrascht und die Tropfen eingeflößt. Sie war nicht stark genug gewesen, sich gegen ihn zu wehren. Russo hatte er beim Auffüllen seiner Wasserflasche bei einer Quelle abgelenkt. Nur bei Verena wollte er das Coniin nochmal einsetzen. Er hatte geahnt, dass er auffliegen und nicht mehr genug Zeit haben würde, sie auf seine Art zu töten. Deshalb hatte er das Gift mitgenommen, als er Hannah abholte.

Der letzte Punkt auf Diegos Liste war das Auto von José. Sie hatten den silbernen Wagen nicht finden können, da dieser nicht auf José, sondern auf einen mit ihm befreundeten Wanderführer zugelassen war. José hatte ihm das Auto abgekauft, es aber noch nicht umgemeldet und immer am Pilgerweg geparkt, sodass auch seine Frau nichts davon wusste. Sie waren lange Zeit im Dunklen getappt, denn Josés Alibis hatten darauf basiert, dass er mit Wandergruppen unterwegs gewesen war und keine Möglichkeit hatte, Leichen zu den Fundorten zu transportieren. Zusätzlich waren ihre Ermittlungen dadurch erschwert worden, dass das Kennzeichen dem von Gutiérrez ähnelte und sie deshalb einer falschen Fährte gefolgt waren.

Der Polizeipräsident kam zur Tür herein. Er strahlte förmlich. Diego konnte sich nicht daran erinnern, wann er ihn zuletzt mit einem Lächeln auf den Lippen gesehen hatte.

»Schon die Zeitung gelesen?«, fragte er und wedelte mit einem Exemplar. Dann drückte er es Diego in die Hand.

»Polizei von Santiago schnappt *Pilgerschatten* und rettet zwei Menschen das Leben«, las Diego laut vor. »Dank des beherzten Einsatzes des Teams der Mordkommission, unter der Leitung von Ángel Navarra, ist es gelungen, einer Frau aus Santiago und einer deutschen Polizistin das Leben zu retten.«

Aha, daher wehte der Wind. Sein Chef war namentlich erwähnt worden – was seiner weiteren Karriere bestimmt dienlich sein würde.

»Das sind gute Neuigkeiten«, sagte Diego und gab seinem Chef die Zeitung zurück.

»Ich danke dir, Diego. Eine großartige Leistung. Dein Team und du, ihr habt den *Pilgerschatten* gefasst.« Er klopfte Diego auf die Schulter.

Und Hannah, fügte Diego in Gedanken hinzu.

EPILOG

Hannah saß im Auto und blickte aus dem Fenster. An ihr zogen Bäume und leicht vertrocknete Wiesen vorbei. Die Sonne hatte die letzten Tage ununterbrochen geschienen, worüber sie sehr froh war, auch wenn die Natur sicherlich ein bisschen Regen vertragen konnte. Sie bedauerte es, die schöne Stadt verlassen zu müssen – trotz allem, was sie dort erlebt hatte. Sie blickte zu Verena, die neben ihr am Steuer saß, und lächelte. Verena entgegnete ihr Lächeln.

Ihre Freundin hatte das Krankenhaus nach nur zwei Tagen mit ihr zusammen verlassen können. Und obwohl Hannah darauf bestehen wollte, dass Verena es langsam angehen ließ, hatte ihre Freundin ihre eigene Art, das Erlebte zu verarbeiten. Sie wollte ihr Leben nicht von einem Verrückten bestimmen lassen. Die restlichen sieben Tage ihres Urlaubs, den Hannah ursprünglich in Deutschland hatte verbringen wollen, genoss sie zusammen mit Verena und Alba, die sich ebenfalls gut erholt hatte, mit verschiedenen Ausflügen in die Umgebung, mit vielen *Tapas* und *Vino.*

»Schade, dass du schon gehen musst«, sagte Alba vom Rücksitz aus und beugte sich nach vorne. »Ich weiß gar nicht, wie wir dir danken sollen.«

Hannah drehte sich lächelnd zu ihr um. »Ihr müsst mir nicht danken. Am Ende hat euch die spanische Polizei gerettet. Ich habe ihnen nur den Schubs in die richtige Richtung gegeben.«

Nach kurzem Schweigen fragte Hannah: »Gibt es eigentlich etwas Neues bezüglich der Adoption?«

Verena schüttelte den Kopf. Gutiérrez hatte sie gezwungen, den Adoptionsantrag schriftlich zurückzunehmen. Normalerweise war dies nicht mehr rückgängig zu machen.

»Aber wir bleiben positiv, dass es klappt. Zum Glück hat die Adoptionsbehörde sofort das Dokument vernichtet, als sie von der Sache mit der Entführung erfahren haben. Und übrigens, nochmal vielen Dank, dass du uns mit den Hochzeitseinladungen geholfen hast. Jetzt wissen alle Bescheid, dass unsere Hochzeit wie geplant stattfindet.«

Am Flughafen angekommen, luden sie Hannahs Rucksack aus und liefen in Richtung Terminal. Hannah hatte noch ein bisschen Zeit, sich in Ruhe von ihren Freundinnen zu verabschieden. Sie blickte auf die Anzeige. Der Flug sollte planmäßig starten. Als sie sich wieder Alba und Verena zuwandte, standen dort plötzlich auch Diego, Fernanda und César.

»Überraschung«, rief Diego und umarmte die

Kommissarin. »Hast du gedacht, wir lassen dich gehen, ohne uns zu verabschieden? Schließlich warst du Teil unseres Teams – wenn auch nicht ganz offiziell.«

Er zwinkerte ihr zu und Hannah musste lachen. Sie war froh, dass die spanischen Kollegen es ihr nicht übelnahmen, dass sie sich in den Fall eingemischt hatte.

Nach einer längeren Verabschiedung, vielen Umarmungen, Küsschen und kleinen Geschenken machte Hannah sich auf den Weg zum Gate. Am kleinen Flughafen in Santiago war nicht viel los, sodass sie schnell durch den Security-Check kam. Ihre Wartezeit verbrachte sie damit, sich einen letzten *Cáfe con leche* sowie eine *Empanada* zu kaufen. Außerdem nahm sie die aktuelle spanische Zeitung mit, in der ausführlich über den Pilgerschatten und Gutiérrez berichtet wurde – auch wenn sie kaum etwas verstehen konnte. Hannah hatte sich fest vorgenommen, bis zur Hochzeit von Verena und Alba an ihren Spanischkenntnissen zu arbeiten.

Sie setzte sich auf einen freien Sitz am Gate und blätterte durch den Artikel. Die Journalisten hatten, soweit Hannah das verstehen konnte, viel zu Josés Vergangenheit, seinem homosexuellen Vater und der Trennung der Eltern recherchiert.

Sie musste an María denken. Vor allem für sie musste die Situation extrem schwierig sein. Hannah konnte nur hoffen, dass sie irgendwann darüber hinwegkommen würde, dass ihr Mann, mit dem sie schon 20 Jahre zusammen war, ein Mörder war und sie von nichts geahnt hatte. In einem zweiten Artikel analysierte ein Psychologe das Verhalten von Gutiérrez. Die Ermittlungen, wer die Idee zur Entführung hatte, liefen noch, allerdings war klar, dass Álvarez Gutiérrez mit einer langen Haftstrafe zu rechnen hatte. Er war planvoll und intelligent vorgegangen, hatte Verena und Alba im Schlaf betäubt und sie mit seinem Auto, das er in der Tiefgarage geparkt und welches Pilar gesehen hatte, zum Haus seiner Eltern gebracht.

»Dear passengers, the flight FR0132 to Barcelona is now ready for boarding. Please proceed to gate number A4«, tönte es aus dem Lautsprecher.

Hannah stand auf und lief zum Gate. Von Santiago de Compostela gab es keinen Direktflug nach Berlin, weshalb sie in Barcelona umsteigen musste. Das fand sie aber nicht weiter schlimm. Sie mochte den großen, modernen Flughafen von Barcelona und hatte sich vorgenommen, ihre Zeit dort zu nutzen, um ein paar Kleinigkeiten und Mitbringsel für ihre Berliner Kollegen einzukaufen.

Einige Zeit später saß sie im Flugzeug auf ihrem Fensterplatz. Sie wollte ihr Handy gerade in den Flugmodus stellen, da bemerkte sie eine neue Nachricht. Tim, von dem sie sich vor mittlerweile vier Tagen verabschiedet hatte, hatte sich bei ihr gemeldet:

Hey Hannah, ich wünsche dir einen guten Flug, komm gut nach Hause. Und wer weiß, vielleicht sehen wir uns ja bald mal in Berlin. Ich habe nämlich ein neues Beratungsprojekt in der Hauptstadt, das nächsten Monat beginnt.

Lächelnd schaltete Hannah ihr Handy in den Flugmodus. Dann setzte sie ihre Kopfhörer auf, wählte eine Playlist mit spanischer Musik und schloss die Augen. Sie freute sich auf das sonnige Berlin, auf ihre Arbeit und natürlich auf ihren Kater Louie.

DANKSAGUNG

Liebe Leserin, lieber Leser,

danke für das Lesen meines Debüt-Krimis! Ich hoffe, »Der Pilgerschatten« hat Ihnen gefallen und Hannah Leicht ist Ihnen ein bisschen ans Herz gewachsen – denn ich bin bereits im Schreibprozess für Hannahs zweiten Fall. Wenn Sie auf dem Laufenden bleiben und schon vor allen anderen die ersten Kapitel des zweiten Falls lesen möchten, melden Sie sich doch auf meiner Website zu meinem Newsletter an:

https://www.krimiautorin-kaja-maurer.de/

Dort finden Sie außerdem ein Kontaktformular, über das Sie mir jederzeit Anregungen, Fragen, Feedback und Kritik zuschicken können. Ich freue mich auf unseren Austausch!

Natürlich freue ich mich als Erstlingsautorin auch sehr über Rezensionen bei Amazon! Und über Weiterempfehlungen an Familie, Freunde, Verwandte und Bekannte.

Dass ich einmal einen Krimi schreibe – wenn mir das jemand vor eineinhalb Jahren gesagt hätte, hätte ich wahrscheinlich nur lachend den Kopf geschüttelt. Wann denn? Doch dann kam Corona. Und auf einmal hatte ich abends und am Wochenende Zeit und wusste nicht so recht, was ich mit mir anfangen sollte.

»Du liest doch so gerne Krimis, warum schreibst du dann nicht einfach selbst einen?« Mit diesem Satz hat mein Freund Henrik den ganzen Prozess angestoßen. Ohne ihn hätte ich dieses Buch niemals fertig geschrieben. Danke für deine unermüdliche Unterstützung, deine Motivation, deine Ideen und nicht zuletzt für deine Projekt- und Zeitpläne – auch wenn ich mich nicht immer an sie gehalten habe. Du warst und bist mein größter Fan, aber gleichzeitig auch mein größter Kritiker.

Henrik hat mich auch darin bestärkt, eine Lektorin zu engagieren. Ich bin froh, direkt im ersten Anlauf einen Volltreffer gelandet zu haben. Liebe Yvonne, vielen Dank für deine mehr als 500 Kommentare und 5000 Änderungen am Text! Danke, dass du dich so intensiv mit meinem Text auseinandergesetzt und mir als Jung-Autorin nicht nur alle meine Fragen beantwortet, sondern mir auch wertvolle Tipps bezüglich Plotting, Charakterentwicklung, Schreibstil und mehr mit auf den Weg gegeben hast. Ich hoffe, du hast Lust darauf, bald den zweiten Fall von Hannah Leicht zu lektorieren.

Was wäre ein Buch ohne das Cover? *Muchas gracias*, Irene, für deine Geduld, dein gutes Auge und das wunderschöne Endergebnis! Und danke auch für all die Social Media Grafiken.

Natürlich wurden auch die restliche Familie und Freunde nicht verschont und haben mich beim Schreibprozess tatkräftig unterstützt.

Vielen Dank, Mama, für deine schwäbische Genauigkeit bei den Korrekturen und deine vielen Anmerkungen. Ein großes Dankeschön geht auch an Bärbel, meine beinahe Schwiegermama, für das Lesen der verschiedenen Fassungen (ja, José war von Anfang an der Täter) und ihre unermüdliche Motivation.

Mein Bruder, Polizeikommissar Till, hat mich dabei unterstützt, die richtigen Polizeibegriffe auszuwählen (jetzt weiß ich, dass es PolizeiDIENSTausweis heißt) und den Text von Tipp- und Schreibfehlern zu befreien.

Den süßen, schielenden Siamkater meiner Protagonistin gibt es wirklich. Danke an meine Cou-

sine Alina fürs Ausleihen deines Katers Louie. Hier gehts zu seinem Instagram-Account:
https://www.instagram.com/louiethecat___/

Meine Freunde mussten so einiges aushalten. Danke fürs Zuhören und Ideen geben, für den stetigen Zuspruch und die Geduld, wenn ich mal wieder nur von meinem Buch erzählt habe: Sonja und Martin (unsere Idee aus dem Italien-Urlaub wird auf jeden Fall in eines der nächsten Bücher einfließen); Katja und Hendrik (ich glaube, keiner hat sich so viel über den Krimi anhören müssen, wie ihr); Sophie (danke fürs Cheerleading); Maike (danke fürs Feedback zur allerersten Version, ich freue mich auf weitere Schreibclub-Abende); Connie, Lea, Lena, Anja, Luisa, Maren und Susi (mein Fan-Club); das Platform Ops Team (danke fürs Zuhören beim Kickstarter, Weekender und Quarantino) und viele mehr.

Und danke an Claud(in)e fürs Ausleihen deines Namens - auch wenn ich die Person in der Geschichte ein wenig verfälschen musste ...

Ich gebe keine Garantie für die Vollständigkeit der Liste. Danke an alle, die mir auf die eine oder andere Art und Weise geholfen haben. Glaubt aber nicht, dass ihr eine lange Ruhepause habt und beim nächsten Mal verschont werdet ...

Berlin, im Juli 2021

Printed in Poland
by Amazon Fulfillment
Poland Sp. z o.o., Wrocław

80493156R00166